저 아직 안 망했는데요

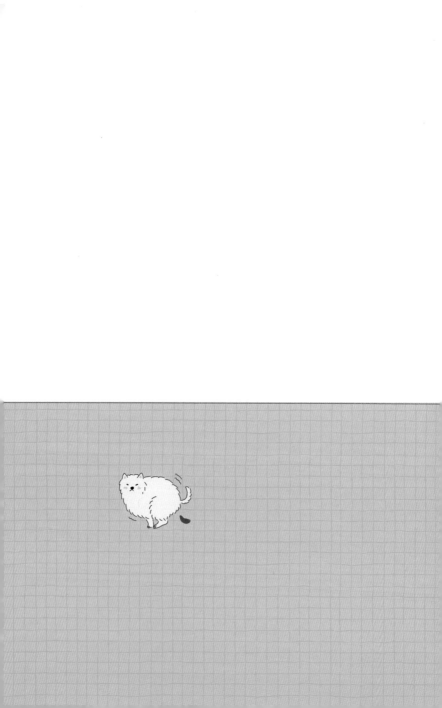

저 아직
안 망했는데요

서모니카 지음

마음의숲

사는 게 너무 버겁고 서러워 엉엉 울고 싶은데 눈물조차 나지 않던 어느 날, 서점에 들렀습니다. 책에 길이 있다고 하니, 이 답답한 마음을 달래줄 길도 있겠지 싶어서요. 그런데 서점 직원의 추천으로 집어든 한 힐링 에세이를 읽고 나니 속이 더 답답해졌습니다. 작가들이 다 같이 짠 것처럼 '괜찮다'고만 말하니까요. 저는 물었습니다. "대체 뭐가 괜찮은 건데요?!"

달리기를 하다 두 발이 엉켜 넘어졌을 때 나를 다시 일으켜세우는 이는, 바로 내 앞에서 똑같이 넘어졌지만 훌훌 털고 일어나 다시 달리는 참가자입니다. 저는 그냥 여러분 코앞에서 넘어진 사람입니다. 그리고 다시 일어나서 달리고 있는 사람이기도 하고요.

이 책은 넘어져도 별일 없다는, 그러니 기죽을 것 없다는 메시지를 담고 있습니다. '실패하지 말자'는 게 아니라 '실패해봤는데 별거 없더라. 그러니 괜히 쪼그러들지 말자'는 이야기를 담았습니다.

이것저것 할 수 있는 건 다 해봐도 속시원히 뚫리는 길이 없어 포기한 게 많을 'N포 세대'에게 '그럼에도 불구하고' 살아가야 하는 이유와 경험을 이 책을 통해 공유하고자 합니다. '노력하지 않아도 괜찮다' '열심히 살아서 뭐 하냐' '네 탓이 아니라 전부 세상 탓이다' 종용하는 대신 '세상이 이따위임에도 불구하고' 우리가 살아가야 하는 이유에 대해 말하고자 합니다.

억지로 위로니 힐링이니 하는 객쩍은 단어를 여러분의 손에 쥐여줄 생각은 없습니다. 그냥 제가 살며 느낀 바를 적었고, 그것에서 위로를 찾는 것은 읽는 분의 몫으로 남겨둘 생각입니다.

저는 앞으로도 넘어질 때마다 기죽지 않고 다시 일어설 예정입니다. 혹시 제가 계속 넘어져 있거든 앞서 달려가 주세요. 여러분의 씩씩한 뒷모습을 보고 저도 다시 일어나겠습니다. 서로 일으켜세워주며 같이 달려갑시다. 그렇게 우리, 살아갑시다.

목차

2부.
인생 게임

3부.
차라리 콧방귀를 뀌겠어요

4부.
우리 아직 망하지 않았다

1부
'하고 싶다' 말고
'한다'

'하고 싶다' 말고 '한다'

오래 알고 지낸 친구가 지난 몇 달간 입에 '인생 현타'라는 말을 달고 살았다. 뭘 해도 재미가 없고 미래가 너무 막막해서 우울하다는 거다. 그러면서 날 보고는 "너는 다양한 분야에서 이것저것 활동도 많이 하고 아는 사람도 많아서 좋겠다"고 했다. "나도 너처럼 경험도 많이 하고 사람들도 많이 만나고 싶다"던 친구의 말을 마음에 잘 담아두었다.

그러다 최근에 독서모임을 하나 개설했다. 각자 다른 분야에서 치열하게 살고 있는 사람들이 함께 모여 책을 읽고 대화를 나누는 모임이다. 모임을 구상하고 가장 먼저 그 친구에게 연락했다. 새로운 사람들과 재미있는 활동을 할 수 있는 독서모임을 기획했는데 참여해보지 않겠느냐고. 그 친

'하고 싶다'와 '한다'는 분명히 다르다.
가만히 주변을 둘러보면 작든 크든 세상을 바꾸는 사람들은
'하고 싶다'고 말하는 사람들이 아니라
'한다'고 말하는 사람들이다.

구는 "가입하고 싶다"고 말했고, 나는 그 친구의 자리를 비워두고 나머지 멤버를 충원했다. 그런데 막상 모임이 구체화되기 시작하자 친구는 쏙 빠졌다. '너무 참여하고 싶은데 아직은 낯선 사람들을 만나는 게 두렵다'는 거다.

독서모임은 대성공했다. 나는 벅차오르는 감동을 담아 SNS에 모임 후기를 남겼고, 그 글을 본 친구는 내게 '나도 진짜 참여하고 싶었는데!'라고 메시지를 보내왔다. 예전 같았으면 이제라도 모임에 합류할 생각이 있는지 물었겠지만, 이번에는 그러지 않았다. 내가 참여할 기회를 주더라도 이 친구는 또 '하고 싶다'고만 하지, '한다'고 답하지 않을 게 뻔했기 때문이다.

내가 그 친구보다 달리 더 뛰어난 점은 없다. 그저 나는 '하고 싶다'라는 생각이 들면 그 소망을 징검다리 삼아 '한다'로 망설임 없이 건너간다. 그것 하나가 다를 뿐이다.

'하고 싶다'와 '한다'는 분명히 다르다. 가만히 주변을 둘러보면 작든 크든 세상을 바꾸는 사람들은 '하고 싶다'고 말하는 사람들이 아니라 '한다'고 말하는 사람들이다.

그 친구도 언젠가는 '하고 싶다'라는 징검다리를 훌쩍 타고 넘어 '한다'로 건너올 것을 믿는다.

콩이도 똥을 눌 때는

"엄마, 사는 게 뭐 이렇게 힘들지?"

나의 푸념에 이내 엄마가 답했다.

"콩이 똥 눌 때 보면 얼마나 힘을 주는지 허리가 활처럼 휘어. 개가 똥을 눌 때도 그렇게 안간힘을 쓰는데 인생 사는 데에는 당연히 더 힘을 줘야 하지 않겠어? 힘도 안 주고 나오는 똥은 배에 탈이 나서 나오는 똥이야. 힘들이지 않는 인생도 마찬가지고."

"아이, 더러워!"하면서도 고개를 끄덕일 수밖에 없었던 나.

"콩이 똥 눌 때 보면 얼마나 힘을 주는지
허리가 활처럼 휘어."

도둑 심보

한때 습관처럼 "아, 로또나 당첨됐으면 좋겠다!"고 말하던 때가 있었다.

한 100억쯤 당첨되면 50억은 작은 건물 하나 사고, 20억으로는 집 한 채 사고, 나머지 30억은 여기저기 나눠주고 기부하고……. 누가 보면 진짜 로또라도 당첨된 것처럼 심각하게 예산안을 짜기도 했다.

하루는 거실 소파에 반쯤 누워 스마트폰으로 쇼핑을 하다가 "로또 당첨되면 이 쇼핑몰 통째로 살 텐데!"하고 말했다.

내 말을 가만히 듣고 계시던 엄마 왈. "적어도 로또를 사는 성의는 보이고 그런 말을 해."

순간 머리가 띵.

생각해보니 나는 살면서 로또를 한 번도 사본 적이 없었다. 그러면서 매일 로또 당첨 타령이나 하고 있었다니. 로또 당첨을 위한 최소한의 노력도 하지 않은 채로 하늘에서 돈다발이 우수수 떨어지길 바라고 있던 게다, 나는.

어제와 똑같은 오늘을 살면서 내일이 달라지길 바라는 건 도둑 심보다. 삶이 조금이라도 변화하기를, 더 나아지기를 기대하고 있다면 적어도 기대만큼의 성의는 보여야 하겠다.

하루아침에 큰 변화를 불러올 수는 없겠지만, 그래도. '조금이라도' 나은 삶을 위해.

꿈의 망령

얼마 전에 한 메이저 일간지 기자와 인터뷰를 했다. 아이돌 연습생의 빛과 그림자에 대한 기사였다. 아이돌 데뷔를 준비하며 무엇이 가장 힘들었느냐는 질문에 나는 '미래에 대한 불안함'이라고 답했다.

전국에 '연예기획사' 간판을 건 회사는 수백, 수천 개가 넘는다. 그런 곳에서 매일 땀과 눈물을 쏟아내며 노력하는 연습생 중 어림잡아 95퍼센트는 데뷔조차 하지 못한다. 만년 연습생만 하다 나이가 차서 기획사를 떠나는 이가 대부분이다. 겨우 나머지 5퍼센트에 들어 데뷔를 한다 치더라도 신인 아이돌그룹 100팀 중 살아남는 팀은 1~2퍼센트에 불과하다. 당장 최근 1년 사이 데뷔한 아이돌 그룹 중에 성공한 그룹을 떠올려봐도 대형기획사 소속인 한두 팀밖에 없을 거다.

아이돌로 데뷔해 겨우 꿈을 이뤘다 하더라도 대중에게 이름과 얼굴을 알리지 못하면 앞으로 어떻게 살아가야 할지 막막해진다. 아이돌 연습생들은 대부분 배운 게 춤이나 노래뿐이라 다른 업계에 취업을 하는 것도 언감생심이다. 그래서 아직도 아이돌의 꿈을 놓지 못하고 좇는 이들이 부지기수다. 우리는 그들을 두고 '꿈의 망령'이라고 자조하곤 했다.

그래서 다들 그렇게 죽기 살기로 한번 떠보려고 애쓰는 거다. 미디어에는 잘된 케이스만 노출된다. 꿈을 좇다 날개가 꺾인 이들의 이야기는 들을 수 없다. 그림자는 가려진 채 빛만 드러나니 아이돌을 선망하는 이들은 점점 늘어간다. 꿈의 망령들에게 가장 두려운 것은 매일 이어지는 피 말리는 '노오력'이 아니라 이 '노오력'의 끝에 어떤 결말도 없을지 모른다는 불안감일 것이다.

얼마 전 한 패션브랜드 런칭 파티에서 꿈의 망령 중 한 명을 만났다. 아이돌 데뷔가 무산된 뒤 배우 준비를 하던 오빠였다. 서른이 훌쩍 넘었지만 아직 어느 분야에서도 데뷔를 하지 못했다. 지금도 오디션 준비를 하며 생계 유지를 위해 파티 스태프 알바를 하고 있다고 했다. 한 명의 반짝이는 스타 뒤에는 약 1천 명의 망령이 붙어 있다.

그럼에도 불구하고, 꿈을 향해 불나방처럼 뛰어드는 망령들이 있어 오늘도 꿈은 거대하게 불타오른다. 벌겋게 불타오르는 꿈이 세상을 밝힌다. 누구도 불나방을 비난할 자격이 없다.

어떻게든 되겠지!

내가 감당할 수 없는 큰 어려움을 만났을 때는 "어떻게든 되겠지!" 한다. 이건 자포자기식의 태도가 아니다. 내가 할 수 있는 건 다 할 테니 그 결과가 어떻든 감내하겠다는 의지의 표현이다. 감히 넘을 수 없을 것 같은 벽 앞에서 기죽지 않기 위한 나만의 주문일 수도 있다. 무책임한 표정을 짓고 있지만 실은 엄청난 각오가 담긴 표현인 것.

지금 쓰고 있는 에세이 원고를 마친 후에 나는 또 외칠 거다.

"어떻게든 되겠지!"

저,
퇴사하겠습니다!

　　최근 몇 달을 고민하다 오래 다녔던 직장을 그만뒀다. 내가 유튜브 채널을 운영하며 책 출판을 준비하는 것이 회사에 알려지면서 회사와 창작 활동 중 하나를 선택해야 하는 상황을 맞았기 때문이다. 회사에서는 사원으로서 회사 일에만 충실하길 바랐고, 나는 적어도 퇴근 후에는 내 삶을 살고 싶었다. 그래서 아주 짧은 고민 끝에 퇴사를 결정했다.

　　물론 주변에서는 나의 결정을 엄청나게 만류했다. '남들 다 들어가고 싶어하는 회사를 왜 나와?' '회사 이름 떼고 네가 한 개인으로 얼마나 성공할 수 있겠어?' '너 후회하지 않을 자신 있어?' '당장 다음달 생활비는 어떻게 할 건데?' 하며. 그들의 말이 옳다. 퇴사하게 되면 당연히 겪게 될 현실

적인 문제들이었다. 물론 퇴사한 직후 얼마간은 속이 후련하고 몸은 편안한 날들이 이어지겠지만, 그 이후에는 앞으로 뭘 먹고살지, 당장 집으로 날아오는 각종 고지서에 찍힌 요금은 어떻게 해결해야 할지를 고민해야만 한다. 그러나 나는 우려의 눈길로 나를 바라보는 지인들에게 목소리에 힘을 주어 답했다.

"모델 모니카도 나고, 글을 쓰는 모니카도 나고, 유튜버 모니카도 나야. 당연히 회사에 다니는 모니카도 나겠지. 그런데 회사 그 자체가 나인 건 아니잖아. 회사를 위해 수많은 나를 희생하고 싶지는 않아. 그럴 리 없겠지만, 만약 유튜브로 인해 나의 직장 생활이나 출판 활동을 제대로 이어가지 못한다면 유튜버 활동도 그만두겠지."

이후 나는 곧바로 회사에 사직 의사를 밝혔다. 지금이 아니면 내가 하고 싶은 일을 위해 '감히' 밥벌이를 포기할 용기가 또 나지 않을 것 같았다.

울타리는 두 가지 역할을 한다. 외부의 위험으로부터 나를 지키는 것, 그리고 외부의 기회로부터 나를 가두는 것. 그런데 놀랍게도, 세상은 울타리 밖에 있었다. 회사 안에서는 회사가 전부인 듯 보였지만, 막상 회사를 나오니 다양한 형태와 크기의 기회들이 도처에 널려 있었다. 물론 그 기회를 잡으러 가는 길이 순탄치만은 않았다. 그러나 선택권을 갖게 되니, 진흙탕이든 뭐든 기꺼이 뛰어들 마음이 생겼다. 결국 나는 예전부터 관심을 가지고 있던 광고 분야에서 일하게 되었다.

새로 옮긴 회사의 대표님 두 분은 면접 자리에서 "유튜브든, 책이든, 개인 사업이든 원하는 건 무엇이든 적극적으로 해보세요. 우리 회사는 자기계발을 적극 권장합니다. 그런 창의적인 일들이 결국 직원과 회사 모두에게 도움이 될 거라고 생각합니다"라고 말씀하셨다. 짧지만 깊었던 고민의 과정은 지난했으나, 그 고민 끝에 망설임 없이 퇴사 결정을 내린 나는 퇴근 후에 '나의 삶'을 살 수 있는 새로운 기회를 얻었다.

안전한 울타리 안에서 매일 똑같은 사료를 계속 먹으며 살지, 조금 위험하더라도 울타리 밖에서 나만의 영역을 개척하고 새로운 먹이를 찾으러 떠날지는 결국 본인의 선택에 달렸다. 다만, 감히 말하건대 세상은 울타리 밖에 있다.

증명은 셀프

어제 저녁에 올린 유튜브 영상의 조회수가 밤새 500을 겨우 넘었다. '아, 또 망하는 거 아니야?'하는 생각이 스멀스멀 올라오기 시작하고.

남들한테는 "500명이나 내 영상을 봐주는 게 얼마나 대단한 일인데요. 근처 중·고등학교 돌아다니며 전교생들 죄다 모아봐도 500명 겨우 채워요. 500은 생각보다 많은 숫자입니다!"라고 설교나 하고 다니지만 실제 내가 만들어 올린 영상의 조회수가 500 언저리를 맴돌면 마음이 허탈하다. 조회수가 100이었다가 500이 되면 상당히 고무적인 일이지만, 50만에서 500으로 떨어지면 여간 기운 빠지는 게 아닌 것이다.

실패 경험이 많으면 실패에도 덤덤해질 줄 알았다. 그런데 나는 여전히 유튜브 조회수 하나에도 마음이 쿵, 하고 가라앉는 '초보 실패러'인가보다.

퇴사 후 유튜브라는 새로운 세계에서 만난 유튜버들은 소속도 직급도 없었다. 명함 같은 건 없는 사람이 태반이었고, 명함이 있다 하더라도 유튜브 활동명과 연락처 정도가 적혀 있을 뿐이었다. 그것인즉, 나는 이제 더이상 회사의 후광을 기대할 수 없고 기대해서도 안 된다는 것을 뜻했다. 스스로가 회사이고 브랜드이며 가치인 것이다. 오롯하게 나로서 존재하기 위해서는 오로지 내가 일군 결과물로 나를 증명해야 하는 것이다.

애써 편집해 올린 영상의 반응이 시들할 때마다 중압감에 어깨가 무겁게 내려앉지만, 그래도 역시 '서 대리'보다는 '서모니카'로 불리는 편이 더 좋다.

이병률 시인의 산문집 《혼자가 혼자에게》에는 "어디에선가 망해보지 않은 우리는 결코 성장할 수 없다"는 구절이 나온다. 중요한 것은 뼈아프게 실패할 때마다 이를 토대로 매뉴얼을 열심히 만들어야 한다는 것. '망해도, 아파도 굴하지 않고 나아가는 법'에 대한 나만의 매뉴얼 말이다.

오롯하게 나로서 존재하기 위해서는
오로지 내가 일군 결과물로
나를 증명해야 하는 것이다.

왕관을 쓰려는 자, 그 무게를 견뎌라! 오늘도 허리를 쫙 펴고 목에 단단히 힘을 준다.

"안녕하세요, 모니카입니다!"

일단 뚜껑은 열어보고 얘기합시다

살면서 내가 저지른 일들을 거의 후회하지 않는 편인데 예외가 하나 있다.

대학교 3학년 때 온라인 의류 쇼핑몰을 차렸다. 거창한 사업 목표 같은 게 있던 건 아니고 그냥 경험 삼아 한번 운영해보기로 했다. 그야말로 1인 기업이었다. 홈페이지 관리부터 제품 사입, 모델, 고객 관리까지 혼자 다했다. 낮에는 학교에서 수업을 들었고 저녁에는 주문을 정리해 물품을 발송했다. 새벽에는 동대문 도매시장에 가서 판매할 물건을 떼어왔다. 피팅 촬영은 당시 남자친구의 도움을 받아 주말에 몰아서 했다.

3개월쯤 정신없이 쇼핑몰을 운영하다보니 생각보다 수

입이 빠른 속도로 안정기에 접어들었다. 차라리 폭삭 망했으면 경험한 셈치고 접었을 텐데 사업이 잘 되니 이를 어째야 하나 내적 갈등이 시작됐다. 때맞춰 주변에서는 취업 준비나 하라는 조언이 쏟아졌다. '취업 시기 놓치면 평생 후회한다' '여자는 다른 일 하다가 나이 먹으면 취업길 막힌다' 등등. 나는 사람들의 오지랖에 등 떠밀린 척 쇼핑몰 사업을 접었다. 사실은 남들과 다른 길을 걷는 게 내심 부담스러웠던 거다. 언제까지 이어질지 모르는 불안정한 수입도 걱정되던 참이었다. 폐업 신고서를 제출하고 작게 한숨을 내쉬었다.

이후, 삶에서 내가 가장 후회하고 있는 일 중 하나는 쇼핑몰을 그만둔 것이다. 남들 취업할 때 창업한 게 뭐 그리 이상한 일이었단 말인가! 지금까지 쇼핑몰을 꾸준히 운영했다면 지금쯤 나는 또 어떤 다른 모습으로 살고 있을까 궁금했다. 그래서 나는 결심했다. 앞으로는 남들 눈치 보지 않고, 다른 이들이 내게 보내는 그 '기대하는 눈빛'에 밀리지 않고 내가 하고 싶은 일을 하며 살기로!

그렇게 유튜브를 시작했고, 에세이를 써내려갔다. 내가 무언가를 하겠다고 나서면 이제 주변에서도 말리지 않는다.

'어이쿠 또 엉뚱한 일 시작했네!'하고 만다. 제대로 한번 후회해봤더니 이렇게 엉뚱한 사람이 됐다. 그래서 나는 하지 않고 후회하는 것보다는 하고 나서 후회하는 편이 낫다고 믿는다.

뚜껑을 열지 않은 상자는 언제까지나 마음에 찜찜함을 남기는 법이다. 차라리 뚜껑이나 한번 열어보고 '에이, 별거 없네!'하며 실망하는 편이 개운하다.

저 아직 안 망했는데요

얼마 전, 여러 사람들과 각자가 생각하는 '실패'의 정의에 대해 토론한 적이 있다. 나는 "내가 더이상 나아가기를 멈출 때 실패했다고 생각한다"고 말했다.

최근에 내 유튜브 조회수가 바닥을 기자 친구들이 농담삼아 "너 유튜브 망한 거 아니야? 실패한 것 같은데!"하고 놀렸다. 그럴 때마다 나는 "아직 안 망했거든! 조회수 잘 나올 때까지 계속 영상 올릴 거야. 올리다보면 언젠간 터지지 않겠어?"하고 웃으며 답한다. 내가 더이상 유튜브 활동을 하지 않겠다고 선언하는 날, 그때 비로소 실패를 인정할 셈이다.

1925년 노벨문학상을 수상한 조지 버나드 쇼조차 이렇게 말하지 않았던가. "나는 젊었을 때 열 번 시도하면 아홉 번 실패했다. 그래서 열 번씩 시도했다."

기죽지 않고 나아가기. 당신과 내가 해야 할 일이다. 혹자는 나를 보고 "그렇게 다양한 분야에서 실패해놓고 또 실패할 거리를 찾으려는 거냐"고 의아하게 묻기도 한다. 그럴 때마다 나는 기죽지 않고 씩씩하게 답한다. "저 아직 안 망했는데요!"

지금 나는 인생 최종 목표를 향해서 아직 달리는 중이다. 달리다 넘어진 상처가 너무 아파 잠깐 쉴 수도 있다. 너무 숨이 가쁠 때는 한숨 돌려도 된다. 다만, 달리는 걸 포기하지는 말자. 포기하면 실패다.

일단은 후진입니다

대학을 졸업하자마자 취업을 했다. 알바도 구하기 힘든 세상에 직장을 덜컥 얻게 된 건 행운이라고 생각했다. 게다가 회사 이름을 대면 '오, 거기 다녀?'라고 할 만한 모 그룹에 입사했다. 내 인생은 이제 풀릴 일만 남았다고 믿었다.

그런데 입사 3개월 만에 그것이 얼마나 물러터진 생각이었는지 알게 되었다. 고등학생 때는 원하는 대학에만 입학하면 앞으로 인생이 탄탄대로일 줄 알았는데, 막상 대학생이 되어보니 취업이라는 더 거대한 난관이 있던 것처럼. 회사만 들어가면 걱정 없으리라 믿었는데 취준생 눈에는 보이지 않았던 직장인의 고충이 온몸으로 와닿았다. 뭐야, 매일 아침 지하철 꽉 채운 회사원들이 다 이렇게 힘들게 살아가던 거였어? 당장 처리해야 할 업무가 매일 산더미처럼 쌓이고, 내 뒤에서는 시시콜콜 나를 씹어대는 말이 따라붙었다. '영혼을 갈아 넣었다'고 생각할 만큼 공을 들인 결과물을 제출해도 까이는 건 한순간이었다. 하루치 생명을 깎아 하루치 임금을 받는 느낌이었다.

하루는 새벽까지 일을 하다 잠깐 근처 사우나에서 몸을 씻은 뒤 2~3시간 눈을 붙이고 다시 회사로 돌아왔다. 새벽별이 떠 있는 이른 시간에 사무실에 들어서서 역시 아무도 없군……이라고 생각하는 순간 의자에 거의 파묻히듯 앉아 있던 동기가 마치 땅에서 귀신이 솟듯 의자 위로 스윽 올라왔다. 너무 깜짝 놀라서 험한 말이 혀끝까지 나왔다 들어갔다. 어제도 집에 들어가지 못하고 철야 근무를 한 모양이다. 떡진 머리를 한 채로 나를 보고 씨익 웃는 동기를 마주하니 마음이 울컥해서 "웃기는. 너 행복하냐?"라고 쏘아붙였다. 동기는 하얀 치아를 다 드러내고 웃으며 "그럼! 아침부터 안부를 물어봐주는 동기도 있는데. 행복하지!"라고 답했다. 그리고 얼마 후 그 동기는 퇴사했다.

별이 떠 있는 푸른 새벽에 출근해 별이 떠 있는 까만 밤에 퇴근하는 나날들이 이어졌다. 넋 놓고 하늘을 올려다본

일이 언제였는지 까마득했다.

　찬바람이 불던 어느 날, 나도 사표를 냈다. 물론, 이후의 일은 모두 내가 감당해야 할 몫이었다. 시퍼런 하늘을 올려다보며 고민했다. 앞으로 남은 인생은 어찌 살아가야 할지. '선택에는 책임이 따른다'는 말이 이토록 뼈저리게 와닿았던 적도 없었다.

　20년, 30년 근속은 기본이었던 부모님 세대는 "요즘 젊은 것들은 회사 생활도 못 버티고 금세 나가 버리네!"하며 고개를 저을 수도 있다. 그런데 '요즘 젊은 것'들 중 한 명으로서 항변을 좀 해보자면, 단순히 회사 생활을 버티지 못한 것이 아니라 '앞으로도 나아질 것 같지 않은 삶'을 버티지 못한 것이다. '요즘 것들'이 후진 기어를 넣는다고 해서 섣불리 실패 꼬리표를 달지 말아줬으면 좋겠다. 잠깐 후진했다가 방향을 바꿔 다시 앞으로 나아가려는 것일지도 모르니까.

너무 잘 하려고 하니까 안 되는 거야

　대학교 마지막 학기에 '취준생' 딱지를 등에 붙이고 다닐 때는, 그다지 친하지 않았던 동기들의 연락이 제일 두려웠다. 핸드폰이 '드르륵' 울리며 화면에 낯선 동기의 이름이 뜨면, 분명 자기 어디 번듯한 대기업 입사했다고 자랑하려는 연락이겠지 싶어 일부러 받지 않았다. 동아리방이나 과방에도 출입을 끊은 지 오래였다. 가봐야 삼삼오오 모여 누구는 어디 붙었네, 누구는 지금 얼마를 버네 하며 남 부러워하는 얘기만 하고 있을 테니까.

　하지만 내가 아무리 귀 막고 눈 감고 다녀도 다른 사람들 잘된 얘기는 어떻게든 들리기 마련이다. 평소에 틈만 나면 잘난 척을 하고 다녀 되게 별로라 생각했던 애가 우리 학번

"딸, 그냥 되는 만큼만 해.
너무 잘하려고 하면 오히려 더 안 되는 거야.
농구에서는 골대에 공만 들어가면 골이거든."

에서 제일 먼저 취업했다. 그것도 일류 대기업에! 그 아이가 취업에 성공했다고 해서 내 자리를 빼앗긴 것도 아닌데 마치 내 것을 빼앗긴 듯 서러운 마음이 들어 베개에 얼굴을 파묻고 엉엉 울었다. 실컷 울고 나서 분연히 이력서를 쓰는 내 뒤통수에 대고 농구선수 출신인 엄마가 넌지시 말했다.

"딸, 그냥 되는 만큼만 해. 너무 잘하려고 하면 오히려 더 안 되는 거야. 농구에서는 골대에 공만 들어가면 골이거든. 근데 엄마는 꼭 걸리는 거 없이 골대 구멍 한가운데에 매끈하게 쏙 넣고 싶어서 각도만 재다가 상대편 선수한테 공 빼앗긴 게 몇 번인지 몰라. 그냥 던져서 구멍에 넣으면 다 같은 골인데 그걸 왜 몰랐지 싶더라고. 매끈하게 넣는다고 점수 더 주는 거 아닌데! 대기업 아니어도 돼, 남들이 알아주는 직장 아니어도 돼. 결국 밥벌이 하는 건 다 똑같아. 엄마가 살아보니 그래."

실은 별거 아니었는데

가족여행 때 머문 리조트 수영장에서 나는 구명조끼씩이나 챙겨 입고 얕은 물에서 퐁당퐁당 놀고 있었다. 수영장은 안쪽으로 갈수록 수심이 깊어지는 구조여서 가장 바깥쪽에서, 구명조끼의 힘을 빌어 '물에 뜬다'는 소소한 기쁨을 만끽했다. 그런데 오빠가 내 목덜미 뒤쪽을 잡고 끌어다 수영장 저 안쪽에 밀어넣었다. 구명조끼를 입고 있어서 물에 빠질 일이 없었음에도 두려운 마음을 어쩌지 못해 팔다리를 허우적거렸다.

가여운 구명조끼는 이리저리 흔들리는 몸뚱이를 붙잡지 못했고 나는 연거푸 수영장 물을 삼켰다. 리조트 수영장에서 익사하는 건 너무 끔찍한 일이라 생각했고, 갑자기 울음이 터졌다. 당황한 오빠가 "동생, 발 뻗어봐!"라고 외쳤고 나는 "안 닿아! 안 닿는다구!"라고 답하며 더 서럽게 울었다. 살겠다고 발버둥치던 중에 오른쪽 엄지발가락 끝이 수영장 바닥에 닿았다. 반대쪽 다리도 슬쩍 뻗어보니 양발을 땅에 딛고 설 수 있었다.

일어나보니 물은 내 턱 끝에서 찰랑이고 있었고, 나를 지켜보던 가족들은 '와하하'하고 크게 웃고 있었다. 지레 집어먹은 겁 때문에 수영장 물을 몇 번이나 삼키고 팔다리를 허우적댔다. 바보처럼 울음도 터뜨렸다.

실은, 별거 아니었는데.

최선을 다하시든가,
쫄리시든가

나는 작은 일에도 쉽게 불안해하는 타입이다. 그래서 나와 반대되는 캐릭터를 볼 때마다 부럽기도 하고 신기하기도 하다. 내 주변인 가운데 가장 태평한 사람은 역시 '술탄 오브 더 디스코'라는 밴드의 기타리스트 홍기 오빠다. 항상 사람 좋은 얼굴로 껄껄껄 웃고 다니는 탓에 홍기 오빠를 만나면 나도 따라서 너털웃음을 짓게 된다.

홍기 오빠는 세계적인 음악 페스티벌인 '글래스톤베리 페스티벌Glastonbury Festival' 무대에 올랐을 때도, 일본 메이저 음악 시장에 진출했을 때도, 우리나라 최대 락 페스티벌 무대에 올랐을 때도 쫄지 않았다고 한다. 어떻게 그런 큰일을 앞에 두고도 쫄지 않을 수 있냐고 물었다. 오빠가 말했다.

"그냥 내 위치에서 최선을 다하고 있다고 생각하면 쫄리지 않더라구. 이미 최선을 다하고 있는데 내가 뭘 더 어쩔 수 있겠나 싶어서."

말만 그런 게 아니라 실제로 그가 무대 위에 오른 모습은 정말 최선을 다해 신난 사람처럼 보인다. 그렇지. 이미 최선을 다하고 있는데 뭘 더 어쩔 수 있으랴.

너무 뻔하고 간단한 명제다. 최선을 다하면 쫄릴 게 없다. 그런데 실천은 너무 어렵다. 그래도 어쩔 수 있나. 최선을 다하시든가, 쫄리시든가.

✳

아, 그런데 쫄리는 게 습관이 되면 심장과 정신 건강에 좋지 않다고 한다. 그러므로 이왕이면 최선을 다하는 편이 좋겠다.

탓만 하다 시작도 못 해요

유튜버로 활동하다보니 내게도 유튜브 채널 개설에 대한 의견이나 도움을 요청하는 사람이 많다. 꽤 여러 명에게 유튜브 채널 개설과 운영에 대한 상담을 해주다보니, 처음 시작 단계에서부터 누가 유튜브를 금방 접을지가 눈에 보이기 시작했다. 유튜브 운영을 위한 장비를 마련하는 데에 한 푼도 투자하지 않은 사람과 일단 장비부터 마련한 사람 중 누가 먼저 유튜버로서의 진로를 포기할까. 놀랍게도 내가 겪은 수십 명의 사람들 중 먼저 유튜버 활동을 접는 쪽은 처음부터 장비에 투자를 많이 한 쪽이었다.

나는 누가 물어보더라도 같은 답변을 한다. '유튜브를 아예 처음 시작하는 것이라면 비싼 장비 사지 말고 스마트폰 하나 들고 시작하라'고. 그런데 이 조언에 따르는 사람은 많지 않다.

장비를 잔뜩 구비한 사람들은 기대에 들떠 영상 몇 개를 찍어올린다. 그러나 당연하게도 장비가 좋다고 콘텐츠가 좋은 건 아니다. 조회수가 부진하면 사람들은 장비를 더 좋은 것으로 업그레이드를 해야겠다며 헛다리를 짚는다. 이렇게 장비에 비중을 두는 이들은 사실 핑곗거리를 만들고 싶은 것일지도 모른다. 혹여 조회수가 기대한 만큼 나오지 않았을 때, 자신의 기획력이나 창의력 부족이라는 민낯을 마주할 자신이 없는 게다. 대충 장비 탓을 하며 "잘나가는 유튜버들은 나보다 장비도 훨씬 좋고 스튜디오도 따로 있는데 내가 그걸 어떻게 따라가냐"고 하소연이라도 하고 싶은 심정일 게다.

장비 탓을 하던 사람들은 마지막까지 환경 탓을 하다 유튜브를 떠난다. 그런데 이런 패턴이 유튜브에만 국한된 건 아니다. 내가 출판사와 출간계약을 맺고 책을 내게 됐다는 소식을 들은 지인은 '나도 책을 내고 싶다'는 말을 입버릇처럼 했고, 나는 당연히 '그러면 일단 원고부터 써보세요'하고 권했다. 그러나 그 지인은 '먼저 글쓰기 강의부터 들어야 한다'면서 차일피일 미루다 아직까지 한 줄도 쓰지 못한 채 머물러 있다. 아마 글쓰기 강의를 다 듣고 나면 당장 원고 쓰기를 시작하지 못하는 또다른 핑계를 찾을지도 모르겠다.

'그럴싸한 핑곗거리'라는 도망칠 구멍을 만들어놓은 사람은 필사적일 수가 없다. 여차하면 미리 파둔 구멍으로 쏙 도망가면 된다는 생각이 무의식 중에 깔려 있기 때문이다. 시작도 하기 전부터 잔뜩 기합을 넣을 필요는 없지만, 일단 시작했다면 할 수 있는 한 힘을 쏟아봐야 한다. '열심히 해 봤다가 쫄딱 망한 편'이 '쫄딱 망하지 않을 만큼만 열심히 해본 편'보다 낫다.

취향의 차이

평소 틈틈이 써서 모아둔 100편의 에세이 원고를 하나로 묶어 출판사 미팅에 나갔다. 원고를 꼼꼼히 읽어본 담당 편집자님은 "마음 아프시겠지만 이 중에 다듬어야 할 원고도 있고, 아예 빼야할 원고도 있다"고 말했다. 몇날며칠을 고민하며 쓴 내 자식 같은 글들을 날려야 하다니! 명치끝이 아파오려던 찰나 편집자님이 얼른 말을 덧붙였다. "그렇다고 상처받지는 마세요. 이건 편집자나 출판사의 취향 문제지 원고가 나쁘다는 게 아니에요!"하고. 이 말이 퍽 위로가 됐다.

취업준비생 때도 이와 비슷한 경험을 한 적이 있다. 똑같은 이력과 스펙으로 입사 지원서를 작성했는데 이상하게도

A기업은 계열사와 직무에 관계없이 서류 과정부터 시원하게 미끄러졌다. 잠시 멘탈이 흔들렸지만 당황하지 않고 B기업에 도전했다. 그런데 B기업에는 이력서를 넣는 족족 여러 계열사에서 서류 합격 통보를 받았다. 그러고는 마침내 최종 합격까지 따냈다. 만약 내가 A기업 입사 시험에서 떨어진 후 기가 죽어 취업 활동을 포기했다면 B기업 합격통지서를 손에 쥐지 못했을 것이다.

살다보면 내가 쏟아부은 노력이 수포로 돌아간 것 같은 순간이 있다. 그럴 때마다 생각한다. 이건 그저 '취향의 차이'일 뿐이라고.

실패한 소개팅처럼, 나의 노력과 찾아온 기회가 서로 선호하는 취향이 달라 그저 각자의 길을 갔을 뿐이다. 다른 기회는 또 올 것이다. 내가 할 일은 그 기회가 올 때까지 그저 버티는 것이다.

살다보면 내가 쏟아부은 노력이
수포로 돌아간 것 같은 순간이 있다.
그럴 때마다 생각한다.
이건 그저 '취향의 차이'일 뿐이라고.

3일마다 작심하기

인스타그램에서 알게 된 지인 중 한 명은 정말 탄탄하고 건강한 몸을 가졌다. 누가 봐도 '운동 열심히 한 몸'이다. 남들은 여름철 한 달 바짝 다이어트 하는 것만도 힘들어 죽겠다는데 이 분은 1년 내내 식이조절과 꾸준한 운동을 병행하고 있다. 매일 아침 올라오는 식단과 운동하는 모습이 담긴 사진을 볼 때마다 절로 감탄이 나온다.

나는 한끼만 굶어도 배가 고프고, TV에 맛있는 음식이 나오면 배달 어플부터 켜는데 어떻게 저렇게 참을 수 있을까. 분명 대단한 비결이 있으리라 짐작하고 꾸준한 몸매 관리의 비결을 물었다. 지인은 호쾌하게 웃으며 답했다. "힘들면 포기해요. 근데 바로 다시 도전해요. 그게 다예요."

사실 본인도 운동을 처음 시작했을 때는 3일 만에 포기했단다. 그러나 곧바로 다시 시작하고, 또 시작하다보니 3일까지는 너끈히 버틸만 해졌고, 그다음에는 4일, 5일, 1주일까지 운동을 지속할 수 있게 됐다고 했다. 운동을 하는 만큼 근육이 늘어서 버틸 수 있는 운동량도 늘어나더라고. 작심삼일이 한계라면 3일마다 작심을 하면 된단다.

　한 번에 100리터짜리 물통을 나르려고 하면 엄두도 나지 않는다. 잘못하다 허리라도 삐면 단 1리터도 나를 수 없게 된다. 하지만 10리터씩 열 번을 나르는 건 할 만하다. 목표를 잡고 이루어나가는 것은 물통을 나르는 것과 큰 차이가 없다.

타투 없는
타투이스트

친구가 손목이나 발목 쪽에 의미 있는 작은 타투를 하나 새기고 싶다고 말했다. 이미 몇 주째 작업을 의뢰할 타투이스트를 찾는 중이라면서. 친구는 타투는 한번 새기면 평생 간직해야 하는 만큼 자기 마음에 꼭 드는 타투이스트를 찾아 맡길 거라고 했다. 그 말을 들은 얼마 후, 친구가 예쁜 꽃 타투 도안을 보내왔다. 장미꽃이 아주 섬세한 선으로 표현된 독특하고 예쁜 도안이었다. 그런데 그 친구는 도안은 너무 마음에 들지만 선뜻 결심이 안 선다고 말했다. 뭐가 문제냐 물으니, 상담을 받으러 다녀왔는데 그 타투이스트 몸에 타투가 하나도 없었다고 한다. 남의 몸에는 평생 갈 타투를 새겨주면서 정작 그의 몸에는 작은 타투 하나 없으니 신뢰가 안 가더라며. 무언가를 평생 안고 간다는 마음의 무게나 책임감을 아는 사람에게 몸을 맡기고 싶다던 친구는 결국 다른 타투이스트에게 타투를 받았다.

또다른 친구는 라식 수술을 받으러 안과로 상담을 하러 갈 때 안경을 쓴 의사는 아무리 수술 후기가 좋아도 후보에 넣지 않는다고 말했다. 환자에게는 라식을 추천하고 시술해주면서 본인은 안경을 쓰다니, 도저히 신뢰가 가지 않는다나.

두 친구의 일화를 통해 깨달은 점은 역시 겪은 만큼 신뢰받는다는 거다. 이것만으로도 우리의 모든 도전에 가치가 생긴다. 그러니 도전이 실패해도 기죽을 것 없다. 훗날 누군가로부터 받을 신뢰 한 번을 적립했다 생각하자.

나만의 속도로 걸어가기

대학을 졸업한 직후부터 나이 먹는 것이 너무 두려워졌다. 나는 변한 것이 없는데 달력만 자꾸 넘어가는 게 미칠 것처럼 무서웠다. 아무리 빨리 달리려고 '노오력'을 해봐도 시간이 지나는 속도에는 비할 바가 못 됐다.

스물다섯 살에는 적어도 소위 '인서울' 대학의 졸업장과 희망 직종 관련 자격증 몇 개쯤은 있어야 하고, 서른쯤에는 이름 대면 누구나 알 만한 회사의 사원증이 목에 걸려 있어야 하고, 마흔쯤에는 80퍼센트 대출을 껴서라도 전세로 작은 집 정도는 가지고 있어야 하고. 그런 부담이 나이 먹는 것을 더 두렵게 만들었던 거다.

반드시 그렇게 살아야 한다고 정한 사람은 아무도 없는

그러니 우리,
걸을 수 있는 속도로 걷자.
대신 멈추지 말자.

데, 그래야 한다고 믿는 사람은 차고 넘친다.

"대체 저 속도에 맞게 살려면 얼마나 더 뛰어야 하나요?"

큰소리로 외쳐봐도 돌아오는 건 메아리뿐. 답하는 이는 아무도 없다.

많은 사람들이 인생을 여행이라고 한다. 그런데 만약 인생이 정말로 여행이라면 숨가쁘게 달리는 사람들이야말로 불안해해야 한다. 혹시 너무 빨리 달리느라 놓치는 풍경이 있으면 어떡하지, 하고 말이다.

대현자인 공자는 이런 말씀을 남기셨다. "멈추지 않으면 얼마나 천천히 가는지는 문제가 되지 않느니라."

그러니 우리, 걸을 수 있는 속도로 걷자. 대신 멈추지 말자. 세상이 정한 기준에, 물리적인 나이에 휘둘리지 말자. 다만 걸어가자. 나만의 속도로.

그 정도 노력도 안 하면서

아주 쉬운 일이라도 그것을 꾸준히 반복하는 것은 굉장히 어려운 일이다. 나도 그렇다.

여름에 냉장고를 옮기다 긁혀 종아리에 깊은 흉터가 남았다. 약국에 흉터 연고를 사러 가서 "약사님, 이거 얼마나 발라야 해요?"하고 물었더니 '아침저녁으로 하루 두 번씩, 한 6개월 정도 꾸준히 바르면 좋아진다'는 답이 돌아온다.

6주도 아니고 6개월이라니! 놀란 내가 "매일매일 6개월이요?!"하고 놀라니 나이 지긋한 약사는 "그럼 그 정도 노력도 안 하고 흉터가 없어지길 바랐어요?"하고 따끔하게 말씀하신다. 뜨끔. 그렇지. 깊은 흉터가 6일, 6주만에 사라질 리가.

성공한 사람들에게 성공 비결을 물으면 꼭 빠지지 않는 조언이 "꾸준히 하라"는 것이다. 더 특별하고 새로운 비결을 기대했던 이들은 '괜히 비결을 알려주기 싫으니 뻔한 소리만 한다'고 입을 삐죽거리기도 한다. 그런데 어쩌면, 정말 그 '꾸준함'이 성공 비결일 수도 있겠다는 생각이 들었다. 상처도, 슬픔도, 혹은 실력도, 내공도, 지혜도…… 결국 꾸준함과의 싸움이다. 꾸준함의 다른 이름은 물론 '시간'이다.

분한 걸음은 보폭이 크다

일본어를 공부하다보면 생각보다 자주 맞닥뜨리는 표현
이 '悔しい쿠야시이'다. 직역하면 '분하다'라는 뜻인데 우리나
라에서 통용되는 '분하다'는 표현과는 뉘앙스가 꽤 다르다.
우리나라 사람들이 보통 억울하고 화가 날 때 '분하다'고 하
는 것과 달리 일본에서는 '아쉽고 후회스럽고 스스로가 원
망스러울 때' 주로 이 표현을 쓴다고 한다. 직접 사용해본
용례가 없어 이 표현이 잘 와닿지 않았는데, 글을 쓰겠다고
양팔을 걷고 나선 뒤로는 '분하다는 말은 이럴 때 쓰는 건
가!' 싶은 때가 꽤 자주 있다.

방금도 가수 이은미와 김윤아의 노래를 들으면서 '이런
가사를 쓰지 못해 분하다'라고 생각했고 몇 달 전에 몰두해

서 봤던 드라마 〈미스터 션샤인〉 속 대사를 되새기며 '어떻게 그런 대사를 쓸 생각을 했을까. 나는 왜 저만큼에 미치지 못할까. 분하다'라고 생각했다.

세상에는 나를 움직이게 만드는 다양한 감정의 동력이 있다. '긍정의 힘'만을 동력으로 굴러가는 존재는 없다. 나에 대한 후회와 원망을 연료로 한 이 '분함'의 감정 또한 때로 좋은 윤활유가 된다.

분한 만큼 발목에 힘을 단단히 주고 내가 딛고 선 땅을 밀어내며 걸어야겠다. 분한 걸음은 보폭이 크니까.

사는 게 지루하다고요?

친구들을 만나면 하나같이 입을 모아 하는 얘기가 '사는 게 너무 지루하다'는 것. 그때마다 나는 우리가 살아봤자 얼마나 살았냐며 웃어넘기지만 사실 속으로는 나 역시 뜨끔하다.

아침에 일어나서 정신없이 준비하고 집을 나섰다가 온몸의 기운을 다 소진한 상태로 좀비처럼 터덜터덜 집으로 돌아온다. 냉장고에서 반찬 몇 개를 꺼내 대충 끼니를 해결하고 샤워를 마친다. 잠들기는 이른 시간인데 딱히 할 일도 없다. 어딘가 전화를 걸어 수다라도 떨까 싶어 핸드폰 연락처를 열심히 뒤져보지만 선뜻 손이 가는 번호가 없다. 침대에 벌렁 드러누워 있자니 '지루하다'는 생각이 어느새 비엔

지루한 나날을 투정하는 것에서 그치지 않고
그 지루함을 양분 삼아 그동안 해보지 못했던
창의적이고 유쾌한 '뻘짓'을 벌여보자.

나소시지처럼 줄줄이 엮여 기차놀이를 하고 있다.

《레 미제라블Les Misérables》을 집필한 빅토르 위고는 이런 말을 남겼다고 한다. "지옥 같은 고통보다 약간 더 끔찍한 일이 있다. 바로 지옥 같은 지루함이다."

이렇게 견딜 수 없는 지루함이 삶의 언저리를 노크할 때마다 나는 창의적인 다른 짓, 즉 '딴짓'을 준비하곤 했다.

남자친구와 대판 싸우고 냉전을 벌이느라 갑자기 혼자 보내야 할 시간이 넘쳐난 적이 있었다. 나는 바로 메이크업 아티스트 자격증을 따겠다고 덤벼들었다. 서점에 가서 필기시험용 책 중 가장 눈에 띄는 걸 하나 골라와서는 곧바로 필기시험 원서를 접수했다. 필기는 거의 만점으로 가뿐하게 통과했다. 문제는 실기 시험이었다. 나는 학원에 다니는 대신 동영상 강의를 보며 독학했다. 첫 번째 시험은 보기 좋게 탈락했다. 그래도 실기 시험을 준비하며 메이크업 테크닉을 익힌 덕분에 모델로 촬영을 나설 때 메이크업 아티스트의 도움을 받지 않아도 됐다. 뮤지션인 남자친구의 화보 촬영에도 당당하게 메이크업 스태프로 참여할 수 있는 기회를 얻었다.

견딜 수 없이 지루한 시간을 보낸 뒤에 벌인 일이 잘 되는 데는 이유가 있다. 놀랍게도 지루함은 창의력의 좋은 양분이 된단다. 영국 센트럴랭커셔대학교의 샌디 만 교수 연구팀은 지루함과 창의력의 상관관계를 알아내기 위한 실험을 진행했다. A그룹의 사람들에게는 곧바로 2개의 컵을 이용해 창의적인 활동을 하라고 요구했고, B그룹의 사람들에게는 전화번호부를 그대로 옮겨 적는 아주 지루한 작업을 진행한 뒤 2개의 컵을 이용한 창의적 활동을 요구했다. 실험 결과, 지루한 작업을 거친 B그룹이 훨씬 창의적인 방법으로 컵을 이용했다고 한다. 샌디 만 교수는 이에 대해 "인간은 지루할 때 공상에 빠져 자유롭게 상상의 나래를 펼친다"고 설명했다. 이러한 과정을 통해 문제 해결 능력이나 창의성이 높아진다는 것이다. 그는 또한 '지루함 외에 뇌에 이렇게 신선한 자극을 줄 수 있는 다른 방법은 없다'고 덧붙였다.

지루한 나날을 투정하는 것에서 그치지 않고 그 지루함을 양분 삼아 그동안 해보지 못했던 창의적이고 유쾌한 '뻘짓'을 벌여보자. 누가 알겠는가? 에디슨 뺨은 못 때려도 바짓가랑이 정도는 붙잡을 만한 대발명을 하게 될지!

쿨병 환자의 마음 꺾기

얼마 전 배우 류준열 씨의 '인스타 감성글'이 화제가 된 적이 있었다. 류준열 씨가 본인의 SNS에 직접 찍은 사진과 함께 감성적이거나 다소 진지한 단상들을 적어 게시했는데, 사람들은 그것을 보며 '손발이 오그라든다' '장근석을 이을 감성글의 대가' 등 댓글을 달며 낄낄댔다.

어떤 날은 카페에 앉아 있는데, 카페 구석에 앉아 진지하게 책을 읽고 있는 분을 향해 어떤 사람이 "왜 카페에서 책을 읽어? 인스타에 올리려고 저러나?"라고 대놓고 비웃는 걸 들은 적도 있다.

언제부터인가 본인이 지닌 감성이나 가치관을 진지하게 드러내면 '감성충' '진지충'이라는 놀림을 감내해야 하는 분위기가 형성됐다. 파생어도 많다. '인스타 갬성(감성)충' '새벽 갬성충' 등등. 이 때문에 어떤 이들은 자신의 글에 조금의 감성이나 진지함이 얹어지면 글 끝에 #갬성충만 등의 해시태그를 달며 미리 방어막을 치기도 한다. 방송사에서도 '진지병'이라는 주제로 코미디 프로그램을 제작해 '진지함'을 유머로 소비한 경우도 있다.

유명 작사가 김이나 씨가 청년들을 대상으로 한 강연에서 이런 이야기를 한 적이 있다. 그녀는 청년들이 진지함에 대해 큰 거부감을 가지고 있는 것 같다며 운을 띄웠다. 누군가 진지한 이야기를 꺼내면 바로 '진지충'이나 '선비'라고 놀려버린다는 것. 김이나 씨는 그런 분위기 속에서 놀림을 받지 않기 위해 진지하지 않은 척, 쿨한 척하다 보면 자기 스스로가 밋밋하게 깎여나가게 된다고 안타까워했다. 사람들이 '진지충'이라며 지적하는 건 본인 감정의 어떤 부분이 과잉되어 있다는 것이고, 그걸 뒤집어 생각하면 남들보다 더 풍부한 감정을 가졌다는 뜻이라면서. 남들 눈치 보느라 스스로를 계속 다림질 하다보면 결국 보급품, 기성품 같은 사람이 될 수밖에 없다는 김이나 씨의 말을 들으며 나도 모르게 고개를 끄덕였다.

요즘 윤동주 시인의 시집을 몇 번이고 다시 읽는 중이다. 한 문장을 읽을 때마다 감탄이 절로 난다. 타인의 진지함을 비웃는 것이 일상이 되어버린 이들에게는 어쩌면 윤동주도 그저 '갬성충'이자 '진지충'으로 보일 수도 있겠다. 윤동주 시인이 지금 시대에 태어나지 않은 것이 얼마나 다행인가 하는 생각마저 든다.

자신이 가진 감성과 진지함을 깎아버리거나 숨기지 않고 오히려 그 안으로 깊게 파고들어간 이들이 있어 우리는 시인 윤동주의 〈별 헤는 밤〉을 읽을 수 있고, 김이나 씨가 노랫말을 쓴 박효신의 〈숨〉이라는 명곡을 들을 수 있다. 이 토록 감동적인 시를 읽고 또 이토록 멋진 노래를 들을 수 있다면, 나는 이들에 대한 진지한 사랑과 존경의 마음을 어디서든 숨기지 않고 표현할 것이다. 누가 뭐래도 말이다.

다른 이들의 진지함을 함부로 깎아내리는 것이 '쿨'한 일인 줄 아는 쿨병 환자들은 평생 남의 꿈만 비웃느라 정작 본인은 이루는 것 없이 끝날 거다.

그래, 쿨병 환자는 혼자서 열심히 쿨한 척하게 두지 뭐. 그놈의 '쿨함'만 찾다 동사해버리게 말이다.

자전거 핸들

아직도 자전거를 못 탄다. 어릴 때 자전거 타는 법을 배우려고 몇 번이나 시도했지만 포기하고 말았다. 자전거가 기울면 기우는 방향으로 핸들을 재빨리 꺾어야 한단다. 그런데 나는 자전거가 오른쪽으로 기울면 본능적으로 핸들을 왼쪽으로 꺾었다. 그러면 핸들과 앞바퀴가 어긋나며 자전거는 쿵하고 쓰러지고 말았다. 머리로는 이해해도 막상 자전거에 몸을 실으면 겁이 나서 주춤하게 된다. '이 길밖엔 답이 없다'고 생각한 일에도 온몸을 던지지 못하는 것과 비슷한 이치겠다. 자전거를 잘 타기 위해 필요한 건, 어쩌면 튼튼한 몸이 아니라 비실비실한 몸이라도 던질 수 있는 과감함과 용기겠다.

자전거를 잘 타기 위해 필요한 건,
비실비실한 몸이라도 던질 수 있는
과감함과 용기겠다.

2부

인생 게임

인생 게임

누가 인생은 게임이라던데, 뭔 놈의 게임이 스킬 레벨도, 경험치도 안 보여준다.

생고생 하면서 전쟁 같은 미션을 하루하루 클리어해도 보상 아이템은커녕 쓸 만한 무기 하나 안 쥐여주고. 퀘스트는 매일매일 주어지는데 유용하게 쓸 치트키 하나 없고.

끝도 없는 시험공부를 할 때나 매일 사리를 만들어가며 출근할 때마다 '나는 지금 어디쯤 와 있는 걸까'하는 생각이 든다.

'만렙'이 100이라면 지금 나는 한 30레벨쯤 이룬 걸까. 아니 더 낮으려나. 레벨 업 하려면 경험치를 얼마나 더 쌓아야 하는 걸까.

어? 그런데 잠깐만. 이 게임, 세이브나 리셋 기능도 없잖아.
뭐 이런 허술한 게임이 다 있어. 개발자 나와!

괜찮아, 또다른 내가 되면 되니까

회사 명함 외에 개인적으로 쓸 명함을 하나 새로 팠다. 직책을 적는 칸에는 그냥 이름과 연락처만 간단하게 썼다. 콘텐츠 기획자, 작가, 작사가, 유튜버, 모델 등 벌여놓은 일이 생각보다 많아서 그걸 다 쓸 수는 없는 노릇이기에. 또한 가지 이유는 이 일을 언제까지 할지 스스로도 확신할 수 없어서이기도 했다. 친한 친구들마저 "대체 너는 정확한 직업이 뭐야?"하고 물을 정도니까.

나라고 고민이 없던 건 절대 아니다. '남들 한 우물 팔 때 나는 여기저기 기웃거리다가 이것도 저것도 아닌 채로 끝나는 건 아닐까'하는 생각에 매일 밤잠을 설칠 때도 있었다. 그래서 한 가지 일에 집중해보려고도 했었으나, 그러기엔

이 세상에 하고 싶은 일이 여기저기 넘쳐났다. 그때 유튜브에서 우연히 개그우먼 박나래 씨의 강연을 보게 됐다.

박나래 씨는 특유의 씩씩하고 자신감 넘치는 목소리로 다음과 같은 이야기를 들려주었다. "개그우먼인 박나래가 있고, 여자 박나래가 있고, 디제잉을 하는 박나래가 있고, 술 취한 박나래가 있고…… 그렇기 때문에 저는 개그맨으로서 남들에게 웃음거리가 되고 까이는 것에 대해서 전혀 신경쓰지 않습니다. 왜냐면 괜찮아, 나에게는 술 먹는 박나래가 있으니까. 또 괜찮아, 디제잉 하는 박나래가 있으니까. 난 이렇게 사니까 너무 편하더라고요. 사람은 누구나 실패를 할 수가 있잖아요. 그 실패가 인생의 실패처럼 느껴질 수가 있어요. 하지만 여러분의 인생에서 여러분은 한 사람이 아닌 거예요. 우리는 '여러 가지의 나'가 될 수 있는 가능성이 있는 사람이거든요. 그걸 인지하고 있으면 하나가 실패해도 괜찮아요. 또다른 내가 되면 되니까."

박나래 씨의 말을 듣고 나니 어쩌면 내가 이런저런 일을 동시에 하는 것이 '이것저것 찔끔찔끔'하는 것이 아니라 여벌 옷을 마련하는 가치 있는 일이라는 생각이 들었다. 입고 있는 옷이 더러워지면 다시 빨아서 말릴 동안 또다른 옷을 꺼내 입을 수 있도록.

　나뿐만 아니라 아마 대부분의 현대인은 여러 가지 면을 가지고 있을 게다. 회사원 A씨가 집에서는 맏딸 A씨의 삶을 살고, 화가 A씨로도 활동하며, 인플루언서 A씨이기도 하면서, 때로 아마추어 게이머 A씨도 되는 것처럼 말이다. 그러니 나의 어느 한쪽 면이 생각했던 모습대로 나오지 않더라도 너무 실망하거나 자책하지 말자. 회사에서 상사에게 눈물이 쏙 빠질 만큼 혼난 날은 회사원 A씨 대신 좋아하는 게임에 푹 빠진 아마추어 게이머 A씨가 되자. 더러워진 옷은 깨끗이 세탁해서 말리자. 그 옷이 다 마를 때까지 또다른 옷을 열심히 입고 다니면 된다.

부끄러운 손

가진 게 부끄러워 손을 감춘 나날들이 있었다. 맞벌이를 하느라 바빴던 엄마가 손에 들려준 '수업 참관회 불참석 사유서'가 부끄러워 등 뒤로 작은 손을 숨겼고, 머리를 쥐어뜯으며 풀어낸 수학 시험지에 빨간 줄이 죽죽 그어진 것이 부끄러워 시험지를 쥔 손을 책상 밑으로 감췄으며, 사랑하는 이에게 건넬 마음이 초라해 주머니에 얼른 손을 찔러넣은 적이 있었다.

지구가 둥근지도 모르던 아주 어린 시절에는 그 작은 손에 모래 몇 알만 붙어도 여기저기 자랑하고 싶어 손바닥을 쫙 펼치고 다녔을 텐데. '이것 보세요, 제 손에 모래가 있다구요!'하고. 가진 게 많아져도 꼭 오므린 채 감춘 손은 좀처

정작 정말로 부끄러운 손은
남의 것을 훔친 손, 남을 해한 손이다.
그런 손이 아니라면 짝 펼쳐
자신이 쥐고 있는 걸 세상에 내보이자.

럼 쉽게 퍼지지 않는다.

내가 가진 것을 부끄러워하는 것이 습관이 되면, 비로소 자랑할 만한 것을 손에 쥐게 되었을 때조차 자신 있게 손을 내보이지 못하게 된다. 내가 가진 것을 귀하게 여겨야만 남들도 그게 무엇인지 들여다보고 싶어하고, 때로는 멋진 걸 가졌다며 박수를 쳐줄 수 있는 것이다.

아마 지금 같았다면 '수업 참관회 불참석 사유서'를 선생님께 당당하게 내밀며 "우리 엄마가 이렇게 열심히 사는 분이세요!"하고 말할 수 있을 텐데.

정작 정말로 부끄러운 손은 남의 것을 훔친 손, 남을 해한 손이다. 그런 손이 아니라면 쫙 펼쳐 자신이 쥐고 있는 걸 세상에 내보이자. 그저 돌덩이인 줄 알고 감췄던 것이 실은 엄청 귀한 운석일 수도 있잖은가?

어른이 된다는 것

어느 가을날 아침, 문득 '어른이 된다는 것'이 정확히 어떤 것인지, 어른의 기준이 있다면 무엇인지 궁금해졌다. 그래서 SNS에 '여러분은 어른이 된다는 것이 무엇이라고 생각하세요?'하고 글을 올렸다. 순식간에 수십 개의 댓글이 달렸다. 대부분은 우리가 예상하는 그런 댓글이었다. '부모로부터 경제적 독립을 하는 것' '나의 행동을 내가 책임지는 것' '감정에 무뎌지는 것' '나보다 남을 더 생각하게 되는 것' '하고 싶은 일보다 해야 하는 일이 많은 것' '부모님의 소중함을 깨닫게 되는 것' 등등.

그중에 그래도 참신했던 것은 '둘리보다 고길동을 이해하게 되는 것'이라든가 '기분 내킬 때 친구에게 거리낌 없이

어른이 된다는 건요,
아주 큰 나라의 왕이 되는 것이라고 생각해요.

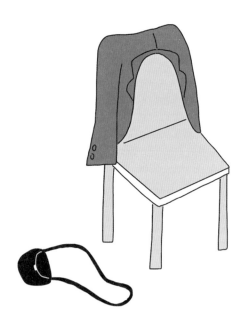

밥을 사는 것' 정도였다. 나는 댓글들을 쭉 읽으면서 어른이 된다는 건 '조금 더 외로워지는 것'과 '그것을 견딜 줄 아는 것'이라고 생각하던 참이었다.

그런데 그때 열여섯 살의 B양이 댓글을 달았다.

'어른이 된다는 건요, 아주 큰 나라의 왕이 되는 것이라고 생각해요.'

B양의 댓글을 읽고 나니 일순 심장이 쿵, 하고 울리는 느낌이 들었다. 나도 어렸을 때는 어른이 되면 내가 내 삶을 온전하게 이끌어갈 수 있으리라 막연하게 믿었다. 갖고 싶던 운동화를 고민 없이 살 수 있게 되면, 가격표를 보지 않고 먹고 싶은 메뉴를 고를 수 있게 되면 정말 행복할 줄 알았다. 그런데 막상 돈을 벌게 되고 운동화쯤 몇 켤레씩 한번에 사 모을 수 있게 되니 더이상 그게 행복하게 느껴지지 않았다. 이제는 운동화 대신 값비싼 명품 가방이나, 수백만 원짜리 최신 전자제품을 수시로 갈아치울 수 있는 재력이 갖고 싶어졌다. 큰 나라를 갖게 됐는데, 행복하지 않았던 것이다. 더, 더, 더, 더 큰 나라를 갖고 싶은 욕심에 늘 불안했고 불행했다.

가만히 생각해보면 내 나라의 왕이자 국민은 나 하나뿐

인데 영토만 끊임없이 늘려 뭘 하나 싶다. 그 넓은 땅을 나 혼자 가져서 어디다 쓰겠나. 땅을 넓히는 대신 이 영토에 단 한 명뿐인 국민이 행복해지는 방법에 대해 고민하는 '진짜' 어른이 되고 싶다고 다짐을 해본다. 어쩌면 어른이 된다는 건 아직 지키지 못한 다짐을 마음에 차곡차곡 쌓아가는 일 인지도 모르겠다.

치열한 아이돌의 세계, 그 속에서 나를 지키는 법

초등학생 때 이후로 연예인이 되겠다고 꿈꿔본 적 없었다. 그간 올라본 무대라고는 역시 초등학생 장기자랑 무대가 다였다. 친구들과 우르르 몰려간 노래방에서조차 탬버린만 열심히 쳤을 뿐, 남들 앞에서 노래를 해본 기억도 가물가물할 정도였다. 그런 내가 아이돌 연습생이 됐다고 선언했을 때 주변인들의 반응은 굳이 설명하지 않아도 뻔했다. 일부 무례한 사람들은 "너 같은 애가 무슨 아이돌이냐"며 면전에서 비웃기도 했다.

아이돌을 꿈꿔본 적도 없던 사람이 어떻게 아이돌로 데뷔했을까. 말하자면 조금 황당하다. 갓 대학에 입학해 처음으로 자유의 맛을 본 나는 정신을 못 차리고 1학기 내내 노는 일에 정신이 팔려 지냈다. 동기들과 매일 술을 마시거나 기타를 들쳐 메고 홍대 거리를 쏘다녔다. 그러다 중간고사와 기말고사를 연속으로 망치고 말았다. 할 말은 없었지만, 그래도 충격이었다. 모니터 화면에 떠 있는 'F학점'을 보고 있자니 눈앞이 아득했다. 부모님께는 뭐라고 말씀드려야 하나. 우리 학년에 F를 받은 애는 나밖에 없는 게 아닐까.

1학년 2학기 때는 마음을 다잡고 성적을 회복해보려 했으나 이미 1학기 때 탱자탱자 노느라 진도를 놓치는 바람에 2학기까지 연이어 망하고 말았다. 이대로라면 4학년이 될 때까지 성적표엔 C와 F 밖에 찍히지 않을 것 같아 암울했다.

그때 마침 친구 한 명이 아이돌 오디션을 볼 건데 같이 가보지 않겠느냐고 연락해왔다. 나는 별 생각 없이 친구와 동행했다. 그런데 오디션 장소에 다 도착했을 때 친구는 너무 긴장이 되어 못 들어가겠다며 일단 내가 오디션을 보러 온 척하고 정찰을 해달라 요청했다. 그렇게 별 생각 없이 참여한 비공개 오디션에서 나는 합격했고 그대로 아이돌 연습생이 됐다.

합격 통보를 받고 얼떨떨하기도 하고 황당하기도 했지

만, 어차피 학교로 돌아가봐야 또 수업 진도를 못 쫓아가고 F만 실컷 받을 것 같았으므로 이때다 싶어 내 멋대로 휴학계를 내고 학교로부터 도망쳤다. '아이돌 모니카'라는 이름표는 이렇게 황당한 과정을 거쳐 붙여진 것이다.

오디션에 덜컥 붙은 이후 연습생으로 이름을 올리자마자 바로 데뷔조에 합류하게 됐다. 무서울 정도로 경쟁이 치열하다는 아이돌 판에서는 그야말로 초고속 승진(?)이었다. 그러나 역시 급히 먹는 밥은 체하기 마련이다. 고난은 이때부터 시작됐다.

어릴 때부터 연예계 데뷔를 준비한 멤버들 사이에서 나는 어중이떠중이일 수밖에 없었다. 특히 안무 시간은 고역이었다. 안무 연습 시간만 되면 진짜로 머리가 아프고 몸에 열이 오를 정도로 큰 부담감이 나를 덮쳤다. 같은 안무를 같이 배워도 곧잘 따라하는 다른 멤버들과 나무 인형이 삐그덕삐그덕 움직이는 것 같은 내 모습을 전신 거울로 보고 있자니 자존감은 뚝뚝 떨어졌다. 새벽까지 연습실에 남아 닭똥 같은 눈물을 흘리며 안무 연습을 해봤지만 10년 가까이 차이나는 댄스 경력을 따라잡을 수 있을 리가 만무했다. 처음에는 내가 안무를 따라할 수 있게 도와주던 멤버들도 시간이 흐르면서 점점 나를 답답해하는 것처럼 느껴졌다. 팀 전체에 폐를 끼치고 있다는 생각이 드니 매일매일이 가시방석이었다. 이 악순환은 한동안 계속됐다. 실력이 부족하니 자존감은 떨어지고, 자존감이 떨어지니 주눅이 들어 그나마 가지고 있는 실력도 제대로 발휘하지 못했다.

그러다보니 나도 모르게 멤버들의 눈치를 보게 됐다. 다른 멤버들이 무언가를 결정하면 나는 그저 따를 뿐이었다. 그렇게 나는 점점 투명해졌다.

멤버들이 모두 잠든 깊은 새벽에는 쉽게 잠들지 못하고 뒤척이다가 책을 들고 조용히 화장실로 갔다. 노란 화장실 불빛 아래에서 책을 몇 페이지라도 읽고 나면 마음이 차분해졌다. 그제야 다시 잠자리로 돌아가 겨우 눈을 붙였다. 그러면서도 내일 아침에 일어나 연습실에 가야 한다는 사실이 지옥 같았다.

쉬이 잠들지 못한 어느 날 새벽, 회사 관계자들 몰래 숙소를 빠져나와 근처 공원에 그네를 타러 갔다. 그런데 그네 두 자리 중 이미 하나를 차지하고 있는 사람이 있었다. 당시 우리 회사 남자 연습생이었던 시완이였다. 시완이는 아이돌을 준비한 기간도 길었고, 실력과 외모가 모두 뛰어나 모든 연습생들이 잘 따르던 명실상부한 리더였다. 시완이를 볼 때마다 내심 '아이돌은 저런 애들이나 하는 거지, 나 같은 게 무슨 아이돌로 데뷔를 해서는 이 고생이냐'며 신세한탄을 하곤 했다. 평소 같으면 못 본 척 다시 숙소로 쏙 들어갔을 테지만 그날은 왜인지 용기가 샘솟아 시완이 옆자리에 턱 앉았다. 그리고 대뜸 말했다. "너는 다 잘해서 좋겠다. 나는 제대로 하는 게 하나도 없는데"하고.

비꼬는 것처럼 들려 기분이 나빴을 법도 한데 시완이는 큰 눈을 껌뻑거리며 잠시 생각에 잠겼다. 그러더니 말했다. "모니카, 너는 말을 조리 있게 잘 하잖아. 예능 출연 쪽으로 준비해봐. 요즘은 춤 잘 추고 노래 잘하는 멤버보다 예능 활동하는 멤버가 더 인기 많아."

내가 말을 잘 한다니! 연예기획사에 들어간 이래 처음 듣는 칭찬이었다. 그런데 뒤이어 나온 말은 더욱 충격이었다. "나는 모니카 네가 부러운 적도 있었어. 솔직히 나는 이 길만 보고 걸어와서 이 일을 제대로 해내지 못하면 다른 어떤 일을 하고 살지 막막하거든. 근데 너는 공부를 열심히 해둬서 이거 말고도 선택할 수 있는 길이 많잖아."

새벽녘 공원에서 들었던 시완이의 말은 사라질 듯 투명

해져가는 나에게 다시 색을 덧입혀주었다. 그때부터 약점에 매몰되어 스스로를 탓하는 대신 내가 남들보다 조금이라도 더 잘하는 것을 찾아 부각시키기로 다짐했다. 기자들과 인터뷰 할 일이 생기면 평소보다 조금 더 힘을 주어 또박또박 말했고, 예상치 못한 인터뷰 질문이 나와 다른 멤버들이 머뭇거릴 때면 재빨리 질문의 핵심을 파악하고 답했다. 그러자 놀랍게도 팀 내에서 발언권이 내쪽으로 점점 많이 넘어오기 시작했다. 무대에 올라 팀 소개를 하거나 개인기 등을 선보일 기회도 자주 주어졌다. 내가 팀 활동에 기여하는 바가 늘면서 팀 멤버들과도 점차 가까워졌다.

그토록 치열한 경쟁과 비교의 세계 속에서 겨우 터득한 '나 자신을 지키는 법'이었다. 스스로의 장점을 찾아 그것에 집중하는 것. 나 자신이 세상 하찮은 굼벵이가 된 것처럼 느껴지는 순간에도, 누군가는 굼벵이의 구르는 재주를 부러워하고 있을지도 모르니 말이다.

내 머리 위로 아무리 꿀밤을 먹인들

초등학교 3학년 때 썼던 일기장을 펼쳐 한참 읽다가 한 페이지에서 시선이 멈췄다. 담임 선생님께 올리는 일종의 반성문 같은 거였는데, 반성하는 내용이 참 의아했다. 방과 후에 학교에서 친구들과 아이돌 가수 놀이를 해서 죄송하다고 쓰여 있었다. 이제부터는 연예계에 관심 갖지 않고 공부를 열심히 해서 훌륭한 사람이 되겠다고. 아마 '연예인 놀이'를 한다고 선생님께 된통 혼났었나보다. 연예인 놀이래 봤자 고작 아이돌 노래를 부르며 안무를 따라 춘 것이 다일 텐데 그게 혼까지 났어야 했을 일인가. 근데 정말 웃긴 건, '연예계에 관심 갖지 않겠다'고 선언했던 그 열 살짜리 꼬마는 10년 뒤 아이돌 가수로 데뷔했다. 그러니까 주변에서 아무리 쥐어박아도 결국엔 제 갈길 가는 거다. 지금 내 머리 위에 꿀밤을 먹이는 손이 아무리 많은들, 결국 나는 되어야만 하는 사람이 되겠지.

개미집 부수기

주말 동안 부모님 댁에 머물며 강아지들을 산책시키다 아파트 화단 쪽에서 우연히 개미굴을 발견했다. 어릴 땐 개미굴이 심심치 않게 보였던 것 같은데 요즘은 개미굴은커녕 길을 지나는 개미를 보는 것도 드문 일이 됐다. 반가운 마음에 쪼그리고 앉아 개미굴을 한참 들여다봤다. 다들 일하러 나갔나, 개미굴에 개미가 없네. 강아지들이 코를 킁킁거리며 개미굴의 냄새를 맡다가 이윽고 앞발로 개미굴을 파버렸다. 아이, 이런. 남의 집을 부순 꼴이 됐네. 강아지들에게 얼른 주의를 주고 개미집 복구에 나섰다. 손가락으로 살살 흙을 걷어내니 개미굴 입구가 보였다. 완전히 망가진 건 아니었다. 바깥이 소란해서인지 굴 안에 있던 개미 몇몇

이 구멍 밖으로 나와 주변을 바쁘게 순찰했다. 집을 무너뜨린 값을 변상이라도 하라고 따질 것 같아 강아지들을 데리고 재빨리 도망쳤다. 이거 완전 뺑소니범(?)들이구만!

개미들에게는 그 개미굴이 세상의 전부일 것이다. 그런데 나는 너무 쉽게 그 세상을 무너뜨렸다가 다시 원래대로 돌려놓았다. 개미들한테는 내가 신神쯤으로 보이려나, 문득 궁금했다.

그런데, 우리가 신이라고 믿는 존재들도 사실은 나처럼 어리바리하고 덩치만 큰 생명체이면 어쩌지. 전지전능한 신이 뭔가 계획이 있어서 우리 인생을 이렇게 꼬아놓았다고 믿으면 그나마 안심인데, 나와 내 강아지들이 그런 것처럼 별 생각 없이 저지른 일이라면 부아가 치밀어 오를 것 같다. 신이시여, 누구신지는 모르겠지만 제발 전지전능하소서!

신이시여, 누구신지는 모르겠지만 제발 전지전능하소서!

땡! 아류는 탈락입니다!

어느 날 한 유명 작곡가에게서 연락이 왔다. 내가 SNS에 생각나는 대로 써내려간 글을 보고 마음이 끌려 연락을 하게 됐다고 했다. 함께 곡 작업을 하고 싶다며 작업실 주소를 메시지로 보냈다. 나에게도 이런 기회가 오는구나 싶어서 쿵쾅쿵쾅 떨리는 마음으로 그분의 작업실을 찾아갔다. 작업실은 문외한인 내가 봐도 값비싼 장비들로 가득했고 인테리어도 고급스러웠다. 작곡가는 굉장히 젠틀하지만 사무적인 태도로 작업에 대해 설명했다.

요약하자면 이랬다. 몇 년째 붙잡고 있던 곡을 드디어 썼는데 마땅한 노랫말이 떠오르지가 않아 작사가를 구하던 참이었다. 그런데 기성 작사가들 말고 신선한 아이디어를 가진 신인 작사가와 작업하고 싶었고, 그래서 당신에게 기회를 주려고 한다, 이 곡은 굉장히 유명한 가수가 부르기로 되어 있다, 정해진 주제는 없다, 다만 이별 노래였으면 좋겠다…….

작곡가는 나에게 1주일의 시간을 주었다. 그 시간 동안 나는 날고 긴다는 작사가들이 쓴 가사를 잔뜩 모아 거의 외울 정도로 읽고 또 읽었다. 글 좀 쓴다는 시인들의 시집도 몇 권이나 정독했다. '명작'들을 접하고 나니 내가 쓴 가사가 어수룩하고 촌스러워 보였다. 초짜티가 나는 가사를 유명 작사가가 쓴 것처럼 '있어 보이게' 정리하는 작업을 몇 번이나 반복했다.

마감 기한을 겨우 맞춰 가사를 넘겼다. 스스로는 그래도 꽤 괜찮은 노랫말이라 생각했는데 작곡가는 한숨을 쉬었다. 기성 작곡가와 다른 신선한 감각을 기대했는데, 그냥 '잘 쓴 가사'를 가지고 와서 실망했다고 말했다. 본인이 내게 기대한 건 유려한 문장이 아니라 새로운 시선이었다고. 그래서 패기 넘치게 말했다. "1주일만, 아니 3일만 더 주시면 말씀하신 느낌으로 다시 써올게요!" 하지만 작곡가는 대답을 하지 않았다. 오디션 프로그램에서 심사위원들이 탈락 버튼을

꾸욱 누르는 장면이 머릿속에서 재생됐다. 역시 프로는 냉정하군요?

으, 지금 생각해도 얼굴이 화끈거리고 마음이 저릿한 탈락이다. 그래도 '땡! 탈락'을 겪으며 '나만의 것(my own)'을 해야 한다는 깨달음을 얻었다. 잘 나가는 작사가들 열심히 따라해봐야 그저 카피캣이고 아류일 뿐이다. 다행히 그뒤로 작사 일거리가 하나 더 들어왔다. 이번에는 유행을 따라가거나 멋부리지 않고 진짜 내 가사를 썼다. 그랬더니 딩동댕! 한 번에 채택됐다. '역시! 내 것 해야 통하는구나!'하고 이마를 쳤다.

나는 최악의 인간

스스로가 몸서리쳐질 정도로 싫은 순간은 누구에게나 있을 것이다. 나는 타인의 불행을 보고 '내가 아니라 다행이다'라고 생각할 때 자기혐오를 느낀다. 내가 아무리 불행한 처지에 있더라도 나보다 더 불행한 사람을 보면 '그래도 내가 낫네' 생각하는 알량한 위안. 타인의 불행에서 나의 안도를 찾다니, 이 얼마나 경멸스러운 일인가.

반대의 경우도 다르지 않다. 떡볶이 한 접시를 먹고 행복하다고 생각하다가도 호텔 레스토랑에서 값비싼 음식을 먹은 지인의 인증샷을 보면 갑자기 스스로가 초라해 견딜 수 없는 기분이 들곤 한다. 내 행복은 고작 떡볶이 한 접시로 채워지는가 싶어서.

한 방송국에서 제작한 다큐멘터리 중에 '상대적 이익'과 '절대적 이익'을 다룬 편을 본 적이 있다. 한국인들은 남들과 비교해 내가 더 나은 것을 얻게 되었을 때 뇌가 활성화되고, 미국인의 경우 남이 무엇을 가졌든 자신이 좋은 것을 얻게 되었을 때 뇌가 활성화된다는 내용이다. 문화적 환경이 나를 이렇게 만든 걸까. 자기혐오를 털어내기 위해 괜히 아무 탓이나 해본다.

만약 내가 누군가를 진정으로 불행하게 만들어야 한다면, 그 사람의 뇌를 온통 '비교'로 채울 셈이다. 행복도 불행도 남들과의 비교를 통해 그 무게를 가늠한다면 그 삶은 얼마나 가여울까. 앗차, 쓰고 나니 이거 내 얘긴가?

행복하면 됐지, 뭘

분명 1주일 전에 이별했다며 지구 맨틀까지 닿을 듯 한숨을 쉬던 사람이 금세 새 연애를 시작했다고 소식을 전해온다. 그러고 보니 이 사람, 지난번에도 헤어진 지 며칠 안 되어서 새 여자친구가 생겼다고 자랑했던 것 같은데.

나는 사랑하고 사랑받는 일이 제일 어려운데 세상에는 저리도 간단하고 쉽게 누군가와 사랑하고, 이별하고, 다시 또다른 누군가와 사랑을 시작하는 사람도 있구나 싶어 너털웃음이 나왔다. 그런데 곰곰이 생각해보니 그것 역시 그만의 사랑 방식이 아닌가 싶다.

기간이 중요한 게 아니라 단지 온도의 차이가 아닐까. 짧은 시간 동안 자신의 마음을 불태우고 후회 없이 돌아서는 사람도 있고, 숯불처럼 미미하지만 지속적으로, 감정을 아껴가며 사랑하다가 이별의 순간이 왔을 때 이를 떠나보내기 힘들어하는 사람도 있으니까.

남들보다 빨리 비워내고 또 금방 가득 채울 수 있는 마음, 그 마음이 그 사람의 강점일 수 있겠다고 생각했다. 어쩌면 매 순간에 온 마음을 쏟아야만 저런 연애가 가능할 수 있지 않지 않을까 싶기도 하고.

그래. 며칠을 만나든, 몇 개월을 만나든, 몇 년을 만나든, 그저 본인이 행복하면 그걸로 됐다.

내가 외면한 감정은
누구에게도 가닿지 못한다

술만 취하면 짝사랑하던 상대에게 전화를 거는 습관이
있었다. 아마도 맨정신에는 감히 전화를 걸 용기가 나지 않
아서일지도 모른다. 술기운을 빌어 겨우 전화를 걸어놓고도
차마 좋아한다고는 말하지 못하고 쓸모없는 말을 아무렇게
나 늘어놓기 일쑤였다.

하루는 정신을 차리지 못할 만큼 술에 취해 전화를 걸곤
상대방에게 "너는 진짜 세상에서 제일 나쁜 새끼"라고 밑도
끝도 없는 욕을 내뱉었다. 결국 나는 그날 나를 찾아온 그
사람의 등에 업혀 집까지 배달(?)되는 사고를 쳤다. 다음날
술에 깨서는 민폐를 끼쳐 미안하다며 몇 번이고 전화로 사
과를 했다. 실컷 사과를 하고 나니 웃음이 새어나왔다. '내

가 그동안 자기 좋아하는 티를 얼마나 냈는데 얄밉게도 모른 척하고 있었잖아! 나쁜 놈 맞지, 뭘!' 싶어서. 새삼 억울한 마음이 들어 다시 전화를 걸어 따졌다. 이번엔 맨 정신이었다. "내가 좋아하는 거 사실 다 알고 있었지? 그런데 왜 모른 척 했어?"하고 묻자 상대방은 "맑은 정신으로 진지하게 전하지 못할 감정은 나도 진지하게 받아들이지 않아"라고 답했다.

맞다. 나 스스로도 제대로 마주할 용기가 없어 외면한 감정을 상대방이 받아줄 리는 만무했다. 솔직하고 진지하게 마주한 마음만 상대방에게 전할 수 있다. 전화를 끊고 난 뒤, 나는 자세를 고쳐 앉고 스마트폰 화면을 정성껏 꾹꾹 눌러가며 장문의 고백 메시지를 보냈다. 짝사랑이 끝나고 연애가 시작되던 순간이었다.

다정한 마음

물건을 잘 버리지 못하는 성격이다. 특히 오래 사용해 손때가 겹겹이 묻은 물건에는 더욱 그렇다. 내가 초등학교에 들어가기도 전 엄마가 생일 겸 크리스마스 선물로 백화점에서 사주신 곰돌이 인형은 아직도 내 침대 한쪽에 놓여 있다. 중학교 때 친구한테 받은 편지도 종이봉투에 고이 담아 보관하고 있다. 모든 물건에는 사람의 마음이라든가 기억이 깃들어 있다고 믿는 편이라서, 무언가를 함부로 버리지 못한다.

나는 내가 물건만 못 버리는 줄 알았는데 사람도 못 버린다더라. 누군가 내게 말한 적이 있다. "너는 물건 못 버리는 것처럼 그냥 사람도 못 버리는 거야." 정확히는 내가 쏟은 마음을 버리지 못하는 게 맞겠다.

초등학생 때부터 고등학생 때까지 생활기록부에 빠짐없이 적힌 단어가 '다정'이었다. '위 학생은 다정한 면이 있고 친구들과 사이좋게 지내며……'

다정多情이라는 말을 풀면 정이 많다는 뜻이다. 고려 후기 문신 이조년은 〈다정가多情歌〉가에서 이렇게 노래하기도 했다. '(……) 다정도 병인 양하여 잠 못 들어 하노라.' 다정한 것도 병이어서 수백 년 전 높으신 분도 잠을 못 이루었다는데 나라고 별수 있겠나 싶다.

그러고 보면 요즘 세상에는 그런 다정함이 조금씩 희미해지고 있다는 생각도 든다. SNS에서 누군가와 반갑게 '맞팔' 관계를 유지하다 얼마 지나서 보면 어찌된 일인지 한쪽에서 갑자기 팔로우를 취소해버린 경우도 있고, 그렇게 죽고 못 살던 연인들조차 카톡이나 문자에 입력한 몇 글자로 이별을 통보하는 일은 이젠 워낙 흔해서 유머 소재로도 쓰이지 않는다. 추억이 담긴 사진도 손가락 터치 몇 번이면 금방 삭제된다.

다정. 정이 많다는 것은 무언가를 향해 품는 애정의 결이 촘촘하다는 뜻이다. 내가 한번 쏟은 마음을 쉽게 거두지 못하는 것도 그런 이유가 아닐까 싶다.

　잠 못 들 정도의 다정함을 매사에 품고 살아갈 필요는 없겠지만 다정한 마음보다는 뾰족한 미움을 더 드러내기 쉬운 세상에서 나는 모두가 조금 더 다정한 마음을 가지고 살아가면 좋겠다.

흔적 닦기

　온라인 중고시장에 팔겠다고 내놓은 제습기를 깨끗하게 닦았다. 아직 사겠다는 이는 나타나지 않았으나, 그래도 조만간에 내 품을 떠날 물건인 것은 자명하기에 시간을 들여 정성껏 닦았다. 물방울이 튄 채 그대로 말라 생긴 얼룩과, 전원 버튼에 묻은 손때와 뽀얗게 내려앉은 먼지를 닦아내니 제습기가 새것처럼 깨끗해졌다.

　혹시 내가 누군가의 마음에서 떠날 일이 생기거든, 내 흔적도 이렇게 꼼꼼히 닦고 나와야겠다고 생각했다.

마음도 폭력이 되네요

살면서 두 번의 연애와 두 번의 이별을 겪었다. 사랑을 하고 또 사랑을 받는 일은 여전히 너무 어렵다.

봄에서 여름으로 넘어가던 참 예쁜 계절에 두 번째 이별을 맞았다. 상대방은 너무 차갑고도 담담한 목소리로 더이상은 나를 사랑하지 않는다고 말했다. 나는 "왜?"하고 연달아 묻는 것밖에 달리 할 수 있는 일이 없었다. 돌아온 답은 "이유가 어디 있겠어, 그냥 더이상 널 보고 싶다거나 너의 손을 잡고 싶다는 생각이 들지 않아"였다. 차라리 벌겋게 익은 얼굴로 나에게 화라도 내주었으면 이별이 조금 쉬웠겠지만, 어쩐지 그 사람의 낯빛은 허옇기만 했다. 그래서 이별을 받아들이기가 더욱 어려웠다.

무려 5년의 연애가 '널 더이상 사랑하지 않는다'는 말 한마디로 끝날 수는 없다고 생각했다. 이별을 통보받은 뒤 1주일 동안을 꼬박 거의 자지 못하고 먹지 못하며 보냈다. 지나가던 사람이 어깨만 툭 쳐도 눈물이 왈칵 쏟아질 것 같은 나날들이 이어졌다.

몇 개월 동안 나는 떠나간 이를 기다리고 매달렸다. 몇 번씩 걸어 겨우 한 번 연결된 전화기를 붙잡고 엉엉 울기도 하고, 무조건 내가 잘못했다며 비는 장문의 메시지를 남겨보기도 했으며, 좋았던 추억이 담긴 사진을 보내기도 했다. 친구들이 나를 볼 때마다 한숨을 내쉴 정도로 정말 '구질구질하게' 매달렸다. 적어도 내가 할 수 있는 만큼은 더 매달려볼 심산이었고, 그것이 내 사랑에 대해 마지막까지 최선을 다하는 것이라 믿었다.

헤어진 지 반년쯤 지난 어느 날, 여느 때처럼 전화기를 붙잡고 눈물을 뚝뚝 흘리던 나에게 그가 말했다. "먼저 헤어지자고 말한 게 잘못은 아니잖아. 나는 그저 마음이 다했고, 너에게 그걸 전한 것 뿐이야. 이별은 같이 겪는 거야. 너 혼자 상처받은 것처럼 굴고, 더이상 건넬 마음이 없다는 사람에게 마음을 더 내놓으라고 강요하는 건 폭력이야."

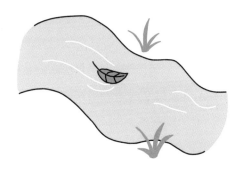

"이별은 같이 겪는 거야. 너 혼자 상처받은 것처럼 굴고,
더이상 건넬 마음이 없다는 사람에게
마음을 더 내놓으라고 강요하는 건 폭력이야."

맞다. 일방적으로 쏟아내는 감정은 폭력이 될 수 있었다. 내가 갖고 있는 감정이 얼마나 순수한지, 또 얼마나 큰지는 나에게만 중요한 문제다. 그것을 받아들일 마음이 없는 상대에게 내 감정을 쏟아내는 것은, 먹을 생각이 없는 이의 입에 산해진미라며 음식을 쑤셔넣는 것과 크게 다를 바가 없다.

일순 마음이 침착하게 가라앉았다. 상대방에게 내 감정을 강요할 수 없다는 사실을 받아들이자, 일방적인 사랑을 내려놓을 수 있게 됐다. 물론 아주 지난한 과정이 있었다. 어떻게 칼로 무를 썰 듯이 감정을 써걱, 하고 잘라낼 수 있겠는가. 여전히 미련이라든가, 그리움 같은 감정이 한데 뒤섞여 끈적거렸지만 적어도 그 감정을 밖으로 꺼내는 일은 없었다. 내가 안고 갈 문제였다.

그러고 보니 내 첫 사람은 참 성숙한 사람이었구나 싶다. 서늘하고 서걱서걱한 계절에 내가 먼저 그 사람에게 이별을 고했다. 생애 첫 이별이었다. 주변인들에게 전해 들은 바로는 그 사람이 한동안 죽을 것처럼 괴로워했다고 한다. 그런데 놀랍게도, 그이는 이별 후 내게 단 한 번도 자신의 감정을 내비친 적이 없었다. 내가 빙 둘러 안부를 묻거든 그저

'잘 지낸다'거나 '바빠서 다른 생각할 틈이 없다'고 대답하곤 했다. 아마 본인의 미련이나 그리움 따위가 내게 부담이 될 걸 알아서였으리라. 가능할 지는 모르겠으나, 요 다음번 연애에는 나도 지금보다는 조금 더 성숙한 사랑을 할 수 있기를 바란다.

하물며 마음이야

자주 들르는 편의점에서 당근 주스를 사려고 하니 없다. 아르바이트 직원에게 당근 주스가 없냐고 물으니 잘 안 팔려서 주문을 안 넣는다고 한다. 동네 편의점도 재고가 자꾸 쌓이는 물건은 다음번 주문량을 줄이기 마련인데 하물며 마음이야 오죽하겠나. 찾는 이 없이 먼지만 쌓이면 누군가를 사랑할 마음도 점점 줄이는 게 당연한 이치겠지. 그래도 혹여 애써 찾아왔다 찾는 것이 없어 발길을 돌리는 이가 있지는 않을지 그게 조금 걱정이다.

여보세요

오늘 하루는 어떻게 보냈는지, 혹시 속상한 일은 없었는지, 며칠째 당신을 잠 못 이루게 한 고민은 없는지, 눈물이 왈칵 쏟아질 것처럼 슬픈 기분은 아닌지, 내가 당신의 곁에서 어깨를 빌려주면 어떨지.

묻고 싶은 말이 너무 많아 전화를 걸었지만 결국 내가할 수 있는 말은 '여보세요' 뿐이었다.

전하고 싶은 말은 한가득인데 '감히 내가 그래도 될까'하는 마음이 앞서 말을 마음에만 꾹꾹 눌러 담는 날이 있다. 짝사랑을 할 때도 그렇고, 동경하는 누군가를 대할 때도 그렇다. 당장 마음을 고백하는 부끄러움을 피하고 싶어서라기보다는, 혹시 내가 먼저 다가갔다가 상대방이 깜짝 놀라 저

묻고 싶은 말이 너무 많아 전화를 걸었지만
결국 내가 할 수 있는 말은 '여보세요' 뿐이었다.

멀리 도망갈까봐 걱정이 되어서다. 많은 심리학자들은 그럴 때 상대방의 주위를 맴돌기만 해도 된다고 조언한다. 심리학 용어로 '단순 노출 효과Mere Exposure effect'라나, 뭐라나. 어떤 물건이나 사람을 자주 볼수록 호감을 갖게 되는 현상이라고 한다. 달이 45억 년이나 지구 주변을 빙빙 돌다보니 지구인들이 신처럼 떠받들기도 하고, 기다란 망원경을 만들어 구석구석 들여다보기도 하지 않는가. 무리하지 않고 주변을 맴도는 일부터 시작하자. 그거면 충분하다.

나의 선생님, 곡식 형제들

　본가에는 개가 세 마리 있다. 단지 '개'라고 표현하기에
는 미안할 만큼 이 아이들은 우리의 가족이나 다름없다.

　어느 날, 아빠 친구분의 딸이 가족들과 합의하지 않은 채
로 덜컥 개를 분양받아 왔다. 결국 분양받은 지 한 달 만에
가족의 반대에 부딪혀 어떻게든 이 곤란한 상황을 해결해
야만 했는데, 친구로부터 그런 사정을 전해 들은 아빠는 역
시나 책임감 없이 그 개를 우리 집에 덜컥 데려오고 말았다.
우리 엄마는 털 알러지가 있고, 결벽증에 가까운 깔끔한 성
격을 가지고 계시다. 집안에 개털이 둥둥 떠다닌다든가 화
장실에 맛동산 모양의 개똥이 놓여 있는 장면을 견디지 못
할 게 분명했다.

노발대발하는 엄마에게 아빠는 "딱 한 달만 임시 보호하자"고 졸랐다. 엄마는 마지못해 승낙했다. 개의 이름은 '미아'라고 지었다. 그런데 아빠의 사고는 여기서 끝나지 않았다. 엄마도 나도 모르게 몰래 교배를 시켜버린 것이다! 한 달이 지나면 집에서 쫓겨나게 될 미아가 불쌍해 시간이라도 벌어보려는 심산이셨는지.

결국 미아는 우리 집에서 출산을 했고 세 마리의 아들을 얻었다. 엄마는 새끼들이라도 입양을 보내라며 비장하게 선언하셨고 나는 사방팔방 인맥을 동원해 입양처를 찾았다. 누구보다 잘 키워줄 사람이 아니면 보내지 않겠다고 다짐하면서. 그러던 와중에 제일 작고 제 엄마를 쏙 빼닮은 첫째 강아지 '구름'이가 입양을 갔다.

그런데 결국 가족이 될 운명이었던 건지 나머지 두 마리는 끝내 입양처를 찾지 못하고 우리 집에서 다 같이 살게 됐다. 이름은 내가 지었다. 둘째 이름은 콩, 셋째 이름은 보리. 개는 질색이라던 엄마는 이제 나보다 이 '곡식 형제'들을 더 챙기신다. 아빠도 엎드린 채로 거실 바닥을 엉금엉금 기어다니며 강아지들과 놀아주신다. 나도 속상한 일이 있으면 본가에 내려가 콩과 보리를 붙잡고 하소연하기도 한다.

무슨 말인지도 모르면서 강아지들은 까만 눈동자로 나를 가만히 쳐다보기도 하고 이따금 고개를 갸웃거리기도 한다.

콩아, 보리야, 하고 부르면 한치의 망설임도 없이 달려오는 다정한 곡식 형제들. 작지만 따뜻한 체온을 가진 이 녀석들이 온몸을 던져 나를 향해 뛰어들 때는 '살아 있어서 다행'이라는 생각이 들 정도로 행복하다. 곡식 형제의 맑은 눈을 마주보고 있으면 '그래, 내가 어떻게든 너희의 든든한 울타리가 되어주어야겠다. 언제든 맛있는 간식 정도는 사줄 수 있는 사람이 되어야겠다'는 생각이 절로 든다. 어쩜 이렇게 아무런 대가도 바라지 않고 무한대의 사랑을 퍼부어줄까. 그래서 콩이와 보리를 볼 때마다 나는 늘 묵직한 감동을 느낀다.

사람 간에 벌어지는 일들 중 가장 회의가 들 때는 아마도 진심을 상실한 순간이 아닐까. 마음에도 없는 말을 건네고, 날 선 말로 서로의 마음을 찌르고, 등을 돌리고. 그런 일들이 쌓이고 쌓여 스트레스가 머리 꼭대기까지 올라올 때, 한정 없는 사랑을 작은 몸으로 한껏 표현하려 애쓰는 콩이와 보리를 보면 헤지고 낡고 추운 마음은 어느새 온기로 가득 차 있다. 나도 너희들처럼 온몸을 던져 세상을, 사람을, 모든 것을 사랑해볼게. 누군가의 이야기를 반짝이는 눈으로 귀기울여 들어줄게.

그동안 많은 것들을 배웠고, 지금도 살아가며 무수한 것들을 배우고 있지만, 어쩐지 나는 곡식 형제들을 만날 때마다 삶에서 가장 중요한 것을 배우고 있다는 생각이 든다.

'굳이'

　자주 교류하는 친구 중에 작곡가 C가 있다. 같은 동네에 살기도 하고 서로 코드가 비슷해 시간이 맞을 때면 동네 카페에서 만나 시시콜콜한 이야기를 나눈다. 또 가끔은 세상 굴러가는 문제에 대해 토론을 벌이기도 한다.

　하루는 C가 내게 "너는 누군가한테 들었을 때 가장 불편하거나 섭섭한 말이 뭐야?"하고 물었다. 생각해본 적이 없던 주제라 선불리 대답하지 못하고 우물쭈물하고 있으니 그가 먼저 입을 뗐다. "나는 '굳이'라는 말이 그렇게 섭섭하더라"하고. 나는 뜨끔했다. 내가 습관처럼 쓰는 말이 '굳이'였기 때문이다.

　이를테면, 다음에 만날 약속을 바로 잡자는 지인에게 "굳이 뭘 지금 약속을 잡니. 다음에 서로 시간 맞을 때 보면 되지!"라고 한다거나, 해외여행을 떠나면서 나에게 뭘 사다 주면 좋겠느냐고 묻는 친구에게 "내 건 굳이 안 사와도 돼"라고 하는 식이다.

C는 인간관계에 있어 '굳이'라는 말이 들어갈 때는 앞뒤로 괄호 속 표현이 숨어 있는 것 같아 섭섭하다고 말했다. '(내가) 굳이 (너랑?)'으로 들린다나. 상대방이 '굳이 그럴 필요가 없다'고 선을 그으면 더 친해지고 싶어도 주춤하게 되고, 본인이 이미 친한 사이라 생각했던 관계에서는 혹시 선을 넘은 게 아닐까 싶어 한 발짝 뒤로 물러나게 된다고.

그런데 이 '굳이'가 어떻게 쓰이느냐에 따라서 관계가 두터워지기도 한다. 예를 들어 친구 또는 연인 관계를 이어가기 위해서는 '굳이 수고롭게' 해야 하는 일들이 있다. 시간이 5분 밖에 나지 않더라도 '굳이' 상대방의 집 앞에 찾아가서 그 잠깐이라도 얼굴을 보려 애쓸 때가 있고, 야근에 회식까지 이어져 집에 도착하자마자 쓰러질 것 같아도 '굳이' 집에 잘 도착했노라고 안부 문자를 남길 때가 있다. 나중에 밥 한번 먹자는 친구의 인사치레에 '굳이' 다음 약속 날짜를 잡아야 다시 얼굴을 볼 수 있을 때가 있다. 이런 '굳이'가 겹치고 겹쳐 관계가 만들어지고, 두꺼워진다.

C가 섭섭하다고 말한 '굳이'는 관계를 얇게 썰려나가게 하는 대패 같은 말이다. 그러므로 이왕 '굳이'를 쓸 거면 수고로움과 성실함이 동반된 '굳이'를 쓰는 것이 좋겠다.

이렇게 모자란 나지만 '굳이' 곁에 있어주는 모든 이들에게 문득 감사한 마음이 들었다. 당신이 나를 위해 '굳이' 해주는 모든 것들에 감사합니다.

그 모든 것들과 이어진 생

인터넷에 우울함과 무기력함을 호소하는 글이 자주 올라온다. 그런 글에 꼭 빠지지 않는 문장이 '저 하나만 사라지면 끝날 것 같아요'다. 그런데 그렇게 뚝 잘라 사라질 수 없는 게 한 사람의 인생이라는 걸 몸소 겪은 적이 있다.

재수생 때 아랫집에 불이 난 적이 있다. 나는 방에 틀어박혀 공부를 하고 있었고, 엄마는 거실에서 TV를 보고 계셨다. 그때 갑자기 엄마가 내 방 문을 벌컥 여시고는 이상한 냄새가 나지 않느냐고 물으셨다. 그 말을 듣고 보니 뭔가 타는 듯한 냄새가 났다.

엄마는 현관문을 열었고, 순식간에 시꺼먼 연기가 집 안으로 밀고 들어왔다. 놀란 엄마가 서둘러 현관문을 닫았지

온전히 홀로 사그라질 생은 없다.
우리의 삶은 그 모든 것들과
하나로 연결되어 있으니.

만 이미 검은 연기는 집안에 가득 찼고, 닫힌 문틈으로도 끊임없이 비집고 들어왔다. 눈을 뜨고 있어도 앞이 보이지 않을 만큼 온 집안이 껌껌했다. 당장 손바닥을 눈앞에 붕붕 휘저어도 아무것도 보이지 않았다. 매캐하고 뜨거운 연기를 들이마실 때마다 목과 코가 따가워 눈물이 났다. 혹시 몰라 현관문을 쾅쾅 두드리며 "살려주세요!"하고 목이 터져라 외쳤다. 아무 반응이 없었다. 몇 분이 지나자 숨을 쉬는 것조차 힘들어졌다. 이젠 글렀다 싶은 마음에 그대로 바닥에 드러누웠다. 기왕 죽을 거라면 조금 더 우아하게 죽자는 어린 생각이었다.

그때 눈앞에 빛이 번쩍했다. 나를 구조하러 온 소방관이었다. 나중에 알고 보니, 엄마가 양 손으로 앞을 더듬으며 안방까지 기어가셔서는 손가락 감각에 의지해 119에 전화를 걸었고, 불이 난 집 위층에도 사람이 있으니 구하러 와달라고 요청을 하셨단다.

나와 엄마는 소방관에게 매달리다시피 해서 1층까지 계단으로 걸어내려갔다. 내 이름을 부르는 소리에 겨우 정신을 차리니 일터에서 급하게 달려온 아빠와 무릎이 새빨갛게 벗겨진 엄마가 계셨다. 뜨거운 연기 속에서 전화기를 찾아 엉금엉금 기어다니느라 무릎이 다 까지신 거였다. 괜히 죄송한 마음이 들어 엄마를 안고 엉엉 울었다. 엄마는 "너만 안 다쳤으면 됐다"고 말씀하시며 머리를 몇 번이고 쓰다듬어주셨다. 이웃집 주민들은 각자 집에서 시원한 생수와 물수건을 가져와 우리 가족에게 건넸다. 어디 사시는지도 모를 한 할머니는 눈물까지 글썽이며 "아휴 학생이랑 엄마랑 무사해서 얼마나 다행인지 몰라!"하고 우리 모녀의 손을 꼭 잡아주셨다.

매일 방에 틀어박혀 입시 공부를 하며 참 외롭고 고독한 나날을 보내고 있다고 생각했다. 이 세상에서 나 하나쯤 사라져도 아무도 모를 것 같은 기분이었다. 하지만 틀렸다. 내 목숨은 나 혼자 부지해온 게 아니었다. 우리 모두의 삶은 결국 어떻게든 다른 사람의 삶과 연결되어 있었다. 당장 나를 구하러 와준 소방관도, 나를 살리기 위해 무릎으로 기어다녔던 엄마도, 혹시 내가 구조되지 못할까봐 마음 졸이며 구조현장을 지켜보던 이웃들도 모두 나의 생에 얕든 깊든 관여하고 있던 것이다.

한 인디언 부족의 인사말은 '미타쿠예 오야신'이다. 이것은 '모든 것이 하나로 연결되어 있다'는 뜻이라고 한다. 온

전히 홀로 사그라질 생은 없다. 우리의 삶은 그 모든 것들과
하나로 연결되어 있으니.

3부

차라리
콧방귀를 뀌겠어요

말의 무게

말에는 저마다의 무게가 있다. 머릿속에서는 형체 없이 부유하던 생각도, 입 밖으로 내뱉는 순간 그 무게가 생겨 바닥에 쿵 떨어지기도 하고 공중으로 둥실 떠오르기도 한다. 그런데 대부분의 경우에는 말을 입 밖으로 꺼내기 전까지는 그 말의 무게를 인식하지 못한다. 물론 나도 그렇다. 그래서 다들 말을 뱉어놓고 '아차!' 싶어 허둥지둥 수습하는 거겠지.

헬륨 가스를 가득 채운 풍선처럼 가벼운 말들은 내 주위를 잠시 맴돌다가 이내 저 멀리 날아가버린다. 그래서 언제 그런 말을 들었던 적이 있었나, 싶게 기억에도 잘 남지 않는다. 반면 제 무게를 견디지 못하고 바닥으로 떨어져내린 무거운 말은 내가 그걸 들어서 옮기거나, 그 자리를 떠나지 않는 이상 언제까지나 한 자리를 차지하고 존재감을 보인다. 이걸 다른 말로 '말에도 힘이 있다'고 하더라.

그래서 묵직한 감정을 담은 말을 해야 할 때는 더욱 신중을 기한다. 이를 테면 '나는 너를 좋아한다'는 말을 할 때. 그 사람을 정말로 좋아하는지 아닌지 잘 모르겠다가도 소리를 내어 "좋아해"라고 말하는 순간, 가지고 있던 감정에 그 말의 무게가 보태져 감정도 말도 무거워진다. 그 사람을 정말로 좋아하게 된다.

그러니 얼굴 모를 사람아, 생각 없는 말로 내 마음에 무게를 보태려하지 말아라. 내가 눈물을 흘리며 보낸 오늘을 두고 '괜찮다'고 쉽게 말하지 말아라. 당신의 의미 없는 위로의 말은 고작 깃털 하나의 무게를 가졌을 뿐이다. 그러니 애써 무게를 얹으려 하지 말아라.

예절은
사람 사이의 안전거리

이탈리아에서 대학교를 다니며 공부하던 시절, 교수님께서 해주신 말 중에 아직도 기억에 남는 것이 있다. 늘 옷을 말쑥하게 입고 다니던 그 교수님은 "성공을 목표로 한 단계 나아가려면 학위를 취득하세요. 두 단계 나아가려면 실전 경험을 쌓으세요. 그리고 세 단계 나아가려면 예절을 갖추세요"라고 조언해주셨다. 결국 모든 일은 사람이 하는 것이므로 예절을 지켜야 일도 지킬 수 있다고.

예절은 사람과 사람 사이의 안전거리 같은 것이라고 생각한다. 차를 몰고 도로를 주행할 때도 안전거리를 확보해두면 혹시 앞차가 급정차를 하더라도 부딪치는 일이 없다. 사람도 마찬가지다. 간혹 내가 조금 선을 넘는 일이 있더라도 평소 예절을 잘 지켜온 사이라면 상대와 부딪칠 일이 없다.

간혹 상대에게 예의 없게 구는 것을 친분의 증거라고 생각하는 사람들이 있다. 그들은 무례함과 편함을 구분하지 못하며, 심지어 무례하게 구는 것이 친한 친구 사이에만 통용되는 일종의 특권 같은 거라고 믿는 게 분명하다. 이런 사람들을 직접 마주하면 적잖이 당황스럽다. 예를 들자면, 아직 그럴 사이가 아님에도 불쑥 이름을 함부로 부른다든가 반말을 해올 때, 진지한 고민글에 'ㅋㅋㅋㅋㅋㅋㅋ'와 같은 가벼운 댓글을 달 때, 기껏 찍어서 올린 셀카에 장난이랍시고 외모 지적을 할 때 등등. 이토록 무례한 사람들은 '내가 이렇게 행동하면 저 사람과 막역하고 허물없는 사이로 보이겠지?'라는 본인만의 덜떨어진 생각을 행동으로 옮긴다. 그런데 너무 당연하게도, 이를 겪은 당사자는 상대의 무례함에 오히려 고개를 젓게 되고 점점 그 사람을 멀리하게 된다.

영화 〈킹스맨〉의 명대사로 이제는 널리 알려진 말이 있다. 1382년 영국 윈체스터 칼리지를 설립한 위컴 주교가 한 말이다. '매너가 사람을 만든다.' 예절을 지키는 것은 내가 누군가로부터 존중받을 수 있는 가장 쉬운 방법이다.

설익은 말, 묵혀두는 말

　여러 가지 일을 하다 보면 다양한 인간 군상을 만난다. 일단 소리지르고 화부터 내는 사람, 있는 듯 없는 듯 조용한 사람, 자기 잘난 맛에 사는 사람, 혹시 어느 바닷가에서 인생의 절반쯤을 보내고 온 게 아닐까 싶을 정도로 자유분방한 사람까지. 그중에서 만났을 때 내가 가장 불편해하는 사람은 초면부터 "저는 직설적인 사람이에요"라거나 "까칠한 성격입니다"하고 선전포고를 하는 사람이다. 직설적인 사람을 싫어하는 건 아니다. 그러나 처음 인사하는 자리에서 '나는 하고 싶은 말 다 하는 사람이니 알아서 조심하세요'라는 뉘앙스를 풍기는 무례함은 싫다. 경험으로 미루어보았을 때, 저런 식의 선전포고를 한 사람은 높은 확률로 단순히 직설적인 성향을 넘어 그냥 본인 기분 내키는 대로 말하는 경우가 대부분이기 때문이다.

마음속에 말을 묵히지 않고 바로바로 입 밖으로 내어놓는 삶은 얼마나 후련할까 싶다가도 설익은 말로 언젠가 누군가의 마음에 생채기를 내겠지 싶어 씁쓸해진다.

그래서 나는 차라리 말을 묵혀두는 쪽을 고른다. 가지에서 바로 딴 찻잎은 그냥 비리고 풀내나는 식물의 잎일 뿐이다. 그걸 정성스레 덖고 건조시켜야 비로소 향기나는 차가 완성되는 것이다.

기분따라 내뱉은 설익고 비린 말들이 과연 어디에나 가닿을 수 있겠는가. 상대의 마음에 스크래치나 남기겠지. '네가 말을 할 때에는 그 말이 침묵보다 나은 것이어야 한다'는 아라비아 속담처럼, 서둘러 뱉기보다는 묵혀두는 연습이 필요하다. 군이 말에만 해당되는 이야기는 아니겠지만.

서둘러 뱉기보다는 묵혀두는 연습이 필요하다.
굳이 말에만 해당되는 이야기는 아니겠지만.

우리 집 재건축한대

얼마 전에 대학교 동기한테 전화가 왔다. 몇 년 만에 전화를 걸어왔기에 무슨 큰일이라도 났나 싶어 얼른 받았더니 형식적인 안부 인사를 건넨 뒤 대뜸 "우리 집 재건축한대!"라는 본론을 꺼내는 것이었다. 재건축 보상으로 자기네 가족이 수십억 상당의 신축 아파트를 보상받게 됐다는 등, 아파트를 분양받고 몇 년이 지나면 값이 더 올라서 부동산 부자가 될 거라는 등, 요즘 세상엔 월급 착실히 모아서는 부동산 부자 발끝도 못 따라간다는 등 한참이나 자랑을 늘어놓았다.

사실 그 얘기를 듣는 동안 내 머릿속에 떠오르는 생각은 딱 하나였다. '그런데 이 얘기를 왜 나한테 하지?' 너희 집

재건축하는데 나보고 어쩌라는 거야. 그래서 다시 안부 인사로 돌아가 "너희 집 얘기는 충분히 들었고, 너는 요즘 어떻게 지내? 요즘 뭐해?"하고 묻자 수화기 너머의 목소리가 잠잠해졌다. 아직 취업 준비중이라고 한다. 생각해보니 이 친구는 학교에 다닐 때도 그랬다. 내가 공모전에서 상을 받고 오면 '그런 거 받는다고 취업에 도움 안 된다'고 쏘아붙였고, 취업에 성공했을 때도 다른 친구들에게 '그 정도 회사 갈 거면 나는 진즉에 갔다'고 나를 비꼬았다고 한다. 본인의 능력으로는 나를 기죽게 할 수 없으니 얼떨결에 얻은 수십억짜리 행운을 들이밀었던 거다.

또다른 친구는 내가 살면서 작은 성공을 하나씩 이뤄갈 때마다 콧방귀를 뀌며 자신의 남자친구가 얼마나 대단한 사람인지에 대해 열심히 연설했다. 내 남자친구는 대기업 다니잖아, 내 남자친구 지방에 아파트 샀잖아, 내 남자친구 차 엄청 비싼 거래…… 그럴 때마다 나는 눈썹을 슬쩍 들어올렸다. '그래서, 그게 네 거야? 네가 이룬 것들이야?'라고 묻고 싶은 마음을 눈썹 근육에 실어 씰룩였다. 친구가 자기 남자친구를 자랑하는 내내 나는 그런 남자를 만난 친구가 아니라 그만큼 성공을 이룬 친구의 남자친구가 부러웠다.

'아, 그 사람 정말 열심히 살았나보다!' 싶어서. 갑자기 뚝 떨어진 신축 아파트든, 잘나가는 남자친구가 가진 재산이든, 본인의 노력으로 만들어낸 결과가 아니라면 아무리 열심히 자랑해봤자 내겐 그저 먼 나라 이야기일 뿐이다. 아무런 열등감도, 부러움도 느끼지 못한다는 말이다.

간혹 나의 자존감에 상처를 내고 싶어하는 이들이 거대한 몽둥이를 들고 위협해오더라도 정신 똑바로 차리자. 그들이 들고 있는 몽둥이는 힘없는 풍선 방망이일 뿐이니. 본인의 노력으로 단단한 나무를 깎아 방망이를 만든 이는 그것을 누군가에게 함부로 휘두르지 않는다. 그저 자신의 성취에 집중할 뿐.

당연한 세계

아이돌 활동 당시 이름이 잘 알려져 있지 않던 나는 종종 서러운 일을 겪어야 했다. 지방 공연에서 만난 한 선배 가수에게 오며 가며 다섯 번 넘게 정중히 허리 굽혀 '90도 인사'를 했건만 그분은 단 한 번도 받아주지 않았다. 왜? 나는 인기가 없었으니까. 그렇다. 내가 몸담고 있는 세계는 그런 세계였다. 인기가 없으면 무시당하는 게 너무나 당연한 세계.

그러던 어느 날 방송국 대기실에서 개그우먼 김숙 씨를 만났다. 이번에도 무시당하겠거니 하며 마음을 비우고 "안녕하세요!"하고 고개를 꾸벅 숙이며 대기실에 들어섰다. 그런데 그녀는 우리를 마치 친한 동생이라도 맞이해주듯 엄청나게 반갑게 맞아주는 것이었다. 혼자 쓰고 있던 대기실을 우리와 같이 쓰게 됐는데도 불쾌한 기색은커녕 오히려 우리가 어색해할까봐 대기실에 머무는 내내 먼저 말을 걸어주었다. 잘못한 것도 없는데 괜스레 쭈글쭈글 쫄아든 마음이 환하게 다림질된 순간이었다. '이 분은 언제가 됐든 꼭 정상에 오르시겠구나!' 생각했다. (그런데, 그 일이 실제로 일어났습니다!)

아이돌 그룹 구구단의 김세정 씨 또한 한 예능 프로그램에 출연해 그런 말을 했다. 그녀가 오디션 프로그램 〈프로듀스 101〉의 프로젝트 그룹으로 활동하며 엄청나게 인기를 끌 때는 먼저 다가와 반갑게 인사하던 후배가 프로젝트 그룹 활동이 끝나니 쌩~ 하고 무시하며 지나쳤다고.

얼마 전 어린 나이에 성공한 청년 사업가와 업무 미팅을 한 적이 있다. "SNS 보니까, 친구 되게 많으시던데!"하는 내 말에 그분은 "아는 사람은 많은데 진짜 친구는 거의 없어요. 지금이야 밥값도 제가 다 내고, 일자리도 주고 하니까 사람들이 저를 찾죠. 그런데 저 망하기라도 하면 진짜 두세 명밖에 안 남을 걸요"하며 쓸쓸하게 웃었다.

나에게 이득을 줄 수 있는 사람에게 잘해주는 일은 누구나 할 수 있다. 어쩌면 거의 본능적인 일인지도 모른다. 그러나 사람을 대하는 유일한 판단 기준이 '자신에게 이득이 되는 사람인지 아닌지'가 되면 그 삶은 조금 서글퍼진다. 왜냐하면 여기에는 '나'가 빠져 있기 때문이다.

얼마 전 가수 보아 씨가 한 인터뷰에서 17년간 무대에 홀로 서는 힘은 어디서 나오냐는 질문에 이렇게 대답했다.

"나와 남을 비교하지 않는 것입니다. 무엇을 원해서 비교하는 걸까요? 자신이 가지고 있지 않은 것을 보고 부러워하기 위해서라면 그것은 부정적인 것. 자신이 남보다 뛰어나다는 것을 확인하고 싶어서 비교하는 것도 자기만족밖엔 없습니다. (……) 자신과 누군가를 비교하여 무의식적으로라도 우열을 느끼는 것이 자신을 잃는 것의 시작이라고 생각합니다."

습관적으로 우열을 가리고, 자신의 이득에 따라 사람을 대하는 것을 은연중에 서로서로 용인하는 짓, 이제 그만하자. 그 속에서 점점 희미해져가는 '나'를 한 번이라도 생각한다면 말이다.

오직 내가 성장하고, 내가 만족하는 삶에 초점을 맞춰 살아가는 것이 '당연한 세계'로 여겨지는 날이 언젠가 오기를 바란다.

표준형 외모

나는 흔히 말하는 대한민국 '표준형 외모'에 비해서는 동떨어진 외모를 가지고 있다. 사람들이 생각하는 '표준'에서 멀어질수록 일상에서 겪는 불편함과 당황스러움도 함께 커진다. 이를테면 카페 아르바이트를 할 때 50~60대 중년 남녀 여러 명이 손님으로 온 적이 있다. 카운터에서 주문과 계산을 마치고 음료가 나오면 손님이 셀프로 가져가야 하는 보통의 커피전문점이었다. 그런데 우르르 몰려들어온 이들은 테이블에 자리를 잡고 앉자마자 "야! 이리 와서 주문받아!"하고 소리질렀다. 주문은 카운터로 오셔서 직접 하셔야 한다고 안내하자, 그 일행은 "너 튀기(혼혈인을 비하하는 잘못된 표현)지? 한국을 잘 모르는구만! 한국에선 손님이 왕이야!"하고 언성을 높였다. 카페에 앉아 있던 다른 손님들의 시선이 내게 와서 꽂혔다. 중년 손님들의 무례함, 그리고 다른 손님들의 시선의 무게까지 더해지자 견딜 수 없던 나는 어금니를 악물고 직접 주문을 받고 음료를 가져다주기까지 해야 했다.

대중탕에 갔을 때는 머리끝부터 발끝까지 나를 해부하듯 시선을 내리꽂는 할머니들과 내 앞에서 대놓고 나를 욕하는 아주머니들을 견뎌야 했다. 어찌어찌 샤워기 앞에 자리를 잡고 열심히 씻고 있는데 느낌이 싸해서 홱 돌아보니 할머니 몇 분께서 쑥덕거리시며 내 몸을 위아래로 훑어보고 계셨다. 탕에 들어가 몸을 불리는 중에는 아줌마들이 대놓고 내 몸매나 생김새에 대해 이러쿵저러쿵 이야기하기도 했다. 실컷 품평회(?)를 마친 뒤에 누구 한 명이 뒤늦게 "우리가 하는 말 들은 거 아니야?"하고 짐짓 놀란 척을 하면 나머지 일행이 "어차피 한국말 못 알아들을 걸? 그리고 들었으면 자기가 어쩔 거야"하고 반 으름장을 놓기도 했다.

그놈의 '표준형 외모'가 뭔지, SNS에서는 하루에도 몇 번씩 '한국인 맞아요?'라는 질문 댓글이 쏟아질 때도 있었다. 그럴 때면 나는 되물었다. '국적을 물으시는 거죠?'하고. 국

누군가에게 표준의 잣대를 들이대고
그 밖으로 삐져나오는 것은 뭐든 잘라버려야만
속이 편한 사람들이 간과하는 것이 있다면,
본인들도 언젠가는 표준의 잣대 안에
갇힐 날이 올 거라는 사실이다.

적을 묻는 거라면 나는 한국인이 맞지만, 혈통을 묻는 거라면 사실 잘 모르겠다. 우선 그들이 말하는 '한국인 혈통'이 무엇인지를 모르겠고 내 조상 중에 외국인이 한 명도 없다고 확언할 수도 없다. 사실 나에게 그런 질문을 하는 사람들도 본인 혈통에 대해서 100퍼센트 확신할 수는 없을 거다.

치과 의사인 지인도 비슷한 고충을 털어놓았다. 평소 힙합 문화와 스트리트 패션을 선호하는 지인은 주말이면 찢어진 스타킹을 신고 가운 아래 숨겨두었던 팔뚝의 타투도 보란 듯이 드러낸 채로 힙합 공연장을 찾는다. 그 지인이 주말 사석에서 만나 알게된 사람들에게 직업이 치과 의사라고 소개하면 다들 깜짝 놀라 "헐! 공부 되게 안 하셨을 것 같이 생겼는데!"라고 말한단다. 반대로 머리를 질끈 동여매고 묵묵히 일하는 치과에서는 힙합을 좋아한다고 말했을 때 "대박~ 선생님 힙합도 아세요?"라는 식의 반응이 돌아온단다. 사람들이 생각하는 치과 의사의 표준과 힙합 리스너의 표준은 너무 달랐다. 흰 가운을 입고 충치를 치료하는 것도, 찢어진 옷을 입고 손을 흔들어대는 것도 모두 본인인데 겉모습만 보고 마음대로 재단하고 믿어버리는 사람들 때문에 본인 스스로도 정체성에 혼란이 올 지경이라고.

누군가에게 표준의 잣대를 들이대고 그 밖으로 삐져나오는 것은 뭐든 잘라버려야만 속이 편한 사람들이 간과하는 것이 있다면, 본인들도 언젠가는 표준의 잣대 안에 갇힐 날이 올 거라는 사실이다. 제 아무리 스스로가 표준이라고 우기는 사람이라도 어느 잣대 하나에는 반드시 걸리게 되어 있다. 그때 가서 '이 표준은 누가 정하는 거요!'하고 따져본들, 아무 소용 없을 거다.

요즘 것들의 안티 꼰대

'요즘 것들'에게 인기 있는 캐릭터를 꼽아보라 하면 단연 펭수일 것이다. 미디어에서는 펭수의 캐릭터를 두고 '안티 꼰대'라고 지칭하기도 한다. '꼰대'는 주로 기성세대를 향해 쓰이던 말이었지만, 최근에는 나이나 세대와 관계없이 '본인의 생각이 늘 옳다고 믿으며, 이를 타인에게 강요하는 사람들'을 통틀어 일컫는 데까지 넓어졌다. 오죽하면 '젊은 꼰대'라는 말까지 등장했을까.

펭수는 교육방송인 EBS TV 프로그램 〈자이언트 펭TV〉에 등장하는 펭귄 캐릭터다. 처음에는 평범한 어린이용 프로그램 캐릭터로 출발하였으나, 지금은 '2030세대의 뽀로로'로 불리며 폭발적인 인기를 누리고 있다.

펭수의 매력 포인트는 무궁무진하다. 그는 제작진과의 회의 시간에 무려 EBS 사장의 이름을 거침없이 부르며 당당하게 많은 돈(제작비)을 요구하거나 "사장님, 같이 밥 한번 먹읍시다"라고 말한다. 펭수의 선배 캐릭터가 펭수를 찾아와 '나 때는 말이야~'를 시전하며 무언가를 가르치려 들면, 펭수는 "제가 알아서 하겠습니다"라고 냉정하게 철벽을 친다. 1일 장관으로 임명되어 '높은 분들'을 이끌고 회의를 진행해야 하는 자리에서도 우리의 펭수는 기죽지 않고 당당하다. 오히려 이제부터 직급 대신 별명을 지어 부르자고 제안한다. 회의 테이블에는 참치와 오리 같은 별명들이 오가기 시작한다. 펭수가 머무는 자리에 권위란 없다. 오직 빵빵 터지는 웃음만이 남을 뿐.

또한 어느 매체와의 인터뷰에서는 '힘든데 힘내라, 라고 말하는 것도 참 어려운 일이다. (당장 내가) 힘든데 힘내라고 하면 힘이 나냐'고 말하며 '그것보다는 사랑해라고 말해주고 싶다'는 감동적인 명언을 남기기도 했다. 이쯤 되면 펭수는 '안티 꼰대'를 대변하는 아이콘으로 충분하지 않은가.

타인이 살아가는 방식에 간섭하는 대신 나의 삶에 집중할 것, 함부로 조언하지 않을 것, 어디서든, 누구 앞에서든 기죽지 않고 당당할 것. 나는 오늘도 펭수를 보며 '안티 꼰대' 강력 백신을 접종한다. 결국 우리가 집중해야 할 것은 '남'이 아닌 '나'다.

다른 사람은 이미 있으니까

가수 '악동뮤지션'의 이수현 씨는 연예기획사에 입사할 때 성형을 하지 않겠다는 의사를 분명히 했다고 밝혔다. 회사 관계자가 혹시 코 성형수술을 해볼 의향이 있는지 물었을 때는 "그냥 이 두 콧구멍으로 숨을 쉬는 것만으로도 감사하다"고 똑 부러지게 답했다고. 현재 이수현은 가수뿐만 아니라 유튜브에서 뷰티 크리에이터로도 활동하고 있다. 그녀는 "뷰티 유튜버로 활동하는 큰 이유 중 하나가 있는 그대로의 자신 있고 긍정적인 모습을 보여주고 싶었기 때문"이라고 말한다.

솔직히 말하자면 나는 비교적 최근까지 외모 컴플렉스때문에 적잖은 스트레스를 받았다. 거울을 들여다보면 한

숨밖에 나오지 않았다. 내 얼굴에는 요즘 유행이라는 통통하고 큰 입술 대신 작고 얇은 입술이 존재감 없이 겨우 매달려 있었다. 누가 입술을 만들려고 표시만 해둔 것처럼. 자세히 보면 모공도 꽤 넓은 것 같다. '도자기 피부'는 물건너간 셈이다. 키는 왜 이렇게 작은지! 그래서 누가 사진을 찍어준다고 하면 꼭 상체 위주로만 찍어달라고 부탁한다. 전신사진이라도 찍혔다가는 짜리몽땅한 키가 들통날 테니까.

한 장의 셀카를 건지기 위해 열 장이고 스무 장이고 연달아 사진을 찍고, 그 중에 가장 마음에 드는 걸 한두 장 골라 '포토샵 어플'로 열심히 다듬는다. 삐져나온 볼살을 매끈하게 한껏 끌어올리고, 눈에 거슬리는 여드름 흉터도 슬쩍 가린다. 마지막으로 입술을 붉은빛으로 물들여주면 그제야 '남들에게 보여줄 수 있는 상태의 셀카'가 완성된다. 갸륵한 노력이다.

온라인 쇼핑몰 피팅 모델 일을 몇 년간 했다. 그래서 런웨이에 서지 않는 '온라인 모델'들의 사진이 얼마나 허황된 것인지는 누구보다 잘 안다. 요즘은 굳이 모델까지 갈 것 없이 SNS에 사진을 올리는 누구나가 '가상 인간'을 만들어낸다. 내가 아닌 다른 누군가를 만들어놓는 것이다. 기형적으로 깎은 턱, 당장이라도 쏟아져내릴 것 같이 키운 눈, 이쑤시개로 찌르면 펑, 하고 터질 것 같이 부풀린 가슴까지. 다른 이들에게 끊임없이 '만들어진 나'를 보여주고 어필해야만 살아 있음을 느낀다는 건 너무 애석한 일이다.

내가 생긴 그대로를 받아들이기 시작한 건 얼마 되지 않는다. 유튜브에 영상을 찍어 올리면 일부 시청자는 영상의 내용과 관계없이 외모를 평가하는 댓글만 달아댔다. 오늘은 괜찮게 나왔다, 이번 영상은 왜 이렇게 못생겼냐, 눈썹 모양이 너무 별로다 등등. 그러다보니 영상의 내용보다는 외모 치장에 더 신경을 쓰게 됐다. 메이크업을 바꿔보기도 하고 컬러 렌즈를 껴보기도 했다. 그래도 외모 지적 댓글은 사라지지 않았다. 결국엔 카메라 앞에 앉는 게 두려워지기까지 했다. 나의 경험담을 공유하고 싶어 시작한 유튜브 활동인데, 경험담이야 어떻든 좋으니 예쁘게 나오기만 했으면 좋겠다는 말도 안 되는 생각까지 하게 됐다.

그때 한 구독자의 댓글을 보았다. "여러분, 저는 모니카 님 얘기에 집중하느라 얼굴은 보이지도 않는데요!"하고. 내가 외모 관리에 온 정신이 팔려 있던 순간에도 내 '이야기' 자체에 관심을 가져준 사람이 있었다. 다른 이들의 평가에

자기 스스로를 사랑하는 사람은
다른 사람을 끌어들이는 마력이 있다.

휩쓸려 나는 스스로가 본래 무엇을 하고자 했는지 잊고 있던 거다. 그뒤로는 화면에 나오는 내 얼굴 그대로를 받아들이게 됐다. 카메라에 어떻게 담길지 걱정하는 대신 대본을 짜는 데에 시간을 투자했다.

요즘은 셀카를 찍은 뒤에도 최소한의 보정만 하려고 노력한다. 물론 쉬운 일은 아니다. 그래도 보기 싫은 뾰루지를 지우는 정도에서 사진 보정을 멈춘다. 가만 들여다보니 작은 입술도 꽤 마음에 든다. 겉으로 보기엔 작지만 좋아하는 음식 앞에서는 엄청나게 크게 벌릴 수 있는, 나름 실용성 만점 입술이다. 단점을 가리는 대신 장점을 극대화하는 메이크업도 연습중이다. 속눈썹을 바짝 올려 마스카라를 바르면 깊은 눈매가 강조된다.

악동뮤지션의 이수현은 쌍꺼풀 없는 눈을 더욱 돋보이게 하는 '무쌍 메이크업' 전도사다. 이수현의 메이크업 영상을 볼 때마다 나도 모르게 미소짓게 되는 건 그녀의 메이크업 실력이 현란해서가 아니라 자신의 매력을 잘 알고 당당하게 드러내는 모습이 예뻐서다.

자기 스스로를 사랑하는 사람은 다른 사람을 끌어들이는 마력이 있다. 오스카 와일드도 이런 시크하고도 멋진 땅

언을 날렸다지. "너 자신이 되어라! 다른 사람은 이미 있으
니까."

악플을 다는 이유

최근 가수 태연 씨가 본인의 인스타그램에 악플 내용을 공개했다. '더럽게 추태 부린다'거나 '누가 얘 좀 털어달라'는 질 나쁜 내용이었다. 그녀는 악플과 함께 자신이 우울증 치료중이라는 사실도 공개했다.

나 역시 악플에 시달린 적이 있다. 유튜브를 시작한 지 한 달쯤 되었을 때가 피크였다. 하루에 100개가 넘는 악플이 달린 적도 있다. 개떡 같이 생겼다, 말투가 사기꾼 같다, 얘가 그냥 망했으면 좋겠다, 차에 치여 죽어라, 듣보잡이 설친다……. 차마 입에 담기도 어려운 상스러운 욕도 주렁주렁 달렸다.

호사다마라고 했던가. 유튜브가 추천 콘텐츠로 내 영상

을 띄워주었고, 이를 계기로 온갖 사람들이 영상을 보고 악플을 달았다. 악플을 읽을 때마다 심장이 쿵 내려앉았다. 밥도 제대로 먹지 못했다. 길가다 마주치는 사람들이 전부 나를 욕하는 것처럼 느껴지기도 했다. 매일 밤 울며 잠들었다. '유튜브 괜히 시작한 건 아닐까'하고 마음까지 무너졌다.

몇몇 유튜브 선배들에게 물어보니 악플러도 소중한 시청자이므로 친절하게 대해야 한다더라. 그래서 '개떡 같이 생겼다'는 악플에는 '개떡 같이 생겨 죄송합니다'하고 답글을 달았다. '망해라'라는 저주에도 '더 노력하겠습니다'하고 답글을 달았다. 그래서 그 사람들이 내게 감동받아 악플 달기를 멈췄느냐고? 더 신나서 악플을 달더라.

그래서 독한 맘을 먹고 한번 물어나 보기로 했다. 솔직하게 터놓고 물었다. "악플 때문에 매일이 너무 지옥 같아요. 대체 저에게 왜 이러시나요? 제가 뭘 잘못했는지 말씀 해주세요." 10여 명을 붙잡고 물으니 그중 한 명이 답했다. '죄송해요. 사실 저는 아이돌이 꿈인데 얼굴도 안 예쁘고 노래도 못해요. 그래서 아이돌 출신이었다는 언니가 짜증났어요. 그런데 마침 사람들이 언니한테 악플을 달길래 저도 화풀이로 같이 욕했어요. 다신 악플 안 달게요.' 허무했다. 단지 부러워서 상처를 주다니! 남들이 상처주길래 따라서 줬다니!

　나는 그 즉시 내 동영상에 달린 악플들을 모두 삭제했다. 이후 새로 올리는 영상에도 악플이 달리는 즉시 삭제해버렸다. 앞서 악플을 다는 이가 없으니 누구도 쉽게 악플을 달지 못했다. 악플도 관심이라 생각했던 스스로가 바보 같았다. 그들은 그걸 그저 놀이쯤으로 여긴 거다. 여러 명의 악플러 사이에 숨지 못하게 되니 누구도 먼저 나서서 악플을 달지 않더라.

　나의 멘탈을 한바탕 휘젓고 지나간 '악플 사건' 이후, 나는 타인의 근거 없는 비난에 함부로 나를 내어주지 않기로 했다. 악의를 품고 찔러오는 칼날을 눈 뜨고 맞아줄 이유는 없다. 그들의 화풀이 대상이 되어줄 만큼 나는 보잘 것 없는 존재가 아니기 때문이다.

텅 빈 하객석은 싫어요

결혼을 앞둔 한 지인이 청첩장을 건네며 한숨을 내쉬었다. 좋은 날 와달라고 초대하는 건데 왜 한숨을 쉬냐고 물으니 청첩장은 잔뜩 뽑았는데 전달할 사람을 떠올리니 열 손가락을 다 접기도 어렵다는 거다. 그래서 그리 친하지도 않은 내게 염치 불고하고 청첩장을 전달하게 됐다며 고개를 숙였다. "에이, 하객 좀 적으면 어때요. 축하하는 마음 없이 참석한 100명보다 진심으로 축하해줄 10명이 낫지 않아요?"라고 말하자 지인은 고개를 절레절레 저으며 그건 결혼을 안 해봐서 하는 속 편한 소리라고 일축했다.

대학 동기 중 한 명은 누가 초대하지 않아도 갈 수 있는 결혼식은 다 찾아다닌다고 말했다. 결혼식 참석은 일종의

품앗이 같은 거라서 지금 결혼식 하객으로 열심히 다녀야 본인이 결혼할 때도 그 사람들이 하객으로 참석해주기 때문이란다. 포털 사이트에 '하객 알바'라고 검색하면 하객 대행업체 목록이 수십 개 뜬다. 본인을 '신랑 신부 모두 만족하는 최고의 하객 알바'라고 소개하는 전문 하객 알바생의 블로그도 뜬다. 즉, 하객수를 두고 고민하는 신랑 신부가 엄청나게 많다는 뜻이겠다. 행복한 마음으로 생에서 가장 기쁜 날을 준비해야 할 이들이 착잡한 마음으로 하객 알바를 검색하고 있을 모습을 상상하니 내 입맛이 다 썼다.

생각해보니 최근에 참석한 결혼식에서도 신랑 측 하객석은 가득찼는데 신부 측 하객석이 텅 비어 있었다. 처음 식장에 들어섰을 때 자리 구분을 따로 하는 줄 모르고 신부 측 자리에 가서 앉으려 했더니, 신랑 측 관계자가 "신랑 측 참석자는 저쪽에 앉아 달라"며 신랑 측 자리로 유도했다. 나중에 알고 보니 그게 다 신랑 신부 양 집안의 기싸움이라더라. 하객이 얼마나 참석했느냐로 집안의 위세가 드러나고, 신랑과 신부의 사회적 위치가 드러난다고 여기나보다. 그래서 초대할 사람이 부족한 사람은 하객 알바까지 고용하게 되는 것이고.

생판 모르는 사람이 쳐주는 박수를 받고, 초면인 사람들과 결혼식 기념사진을 찍고 나면 어떤 기분이 들까. 어쩌면 지금 우리나라의 결혼식은 신랑 신부가 주인공이 아니라 저울 위에 올려진 추 같다는 생각이 들었다. 어느 쪽이 더 무겁네 마네 연신 입방아에 오르내리는. 만약 내가 결혼하게 된다면, 어느 쪽이든 좋으니 편한 쪽에 앉으시라는 푯말이라도 써붙일까보다. 양측 가족, 그리고 정말 친한 친구만 모여서 파티를 열어도 좋겠다. 나 같은 사람이 하나둘 늘어나면 허례허식으로 점철된 결혼 문화도 좀 바뀌지 않을까.

그래서
얼마 버시는데요?

SNS의 팔로워 숫자를 늘려주는 서비스가 있다. 특정 금액을 지불하면 그만큼의 허위 팔로워를 계정에 붙여주는 식이다. 예를 들어 팔로워 한 명을 늘리는 데에는 200원이 필요하단다. 단돈 2만 원만 있으면 100명의 SNS 팔로워를 살 수 있다. 당연히 돈을 주고 산 팔로워는 계정 주인과 어떠한 커뮤니케이션도 하지 않는다. 정확히는 커뮤니케이션하지 못한다. 허위 정보로 생성한 '유령 계정'이기 때문이다. 이런 유령 팔로워를 사는 심리는 단순하다. 다른 사람들에게 '내 팔로워 수가 이렇게 많아!'하고 보여주려는 거다. 의미 없는 숫자 자랑이다.

새로운 사람을 만나게 되면 의례처럼 물어오는 말이 있

다. 바로 나이. 나는 가능하다면 먼저 나이를 말하지 않는 편이다. 나이로 인한 편견을 심어주기 싫어서다. 한번은 업무차 진행한 미팅에서 나이를 말했더니 상대방이 "아, 이렇게 어린 분이실 줄은 몰랐어요"하고 반응하더라. 태연하게 웃으며 어깨를 한 번 으쓱하고 말았다. '그게 뭐 중요한가요'하는 뜻으로. 이탈리아에서 유학하던 동안에는 첫 만남에 내 나이를 물은 사람이 정말 단 한 명도 없었다. 심지어는 내 하우스메이트마저도! 서로를 알아가는 데 중요한 건 숫자가 아니란 걸 당연하게 생각했기 때문 아니었을까.

한 온라인 언론사가 얼마 전 배우 한예슬 씨에 대한 기사를 올렸다. 유명 패션그룹 행사에 한예슬 씨가 멋진 모습으로 참석해 화제가 됐다는 내용이다. 그런데 제목이 영 거슬렸다. '곧 마흔인데도 아름다운 한예슬 근황'이라니. 기사 내용에 군이 나이가 언급될 필요가 없을뿐더러, '마흔인데도 아름다운'이라는 표현은 정말 너무 형편없다고 생각했다. 저 제목에서 풍기는 뉘앙스인 즉슨 마흔 살이 되면 더이상 아름답지 않은 게 당연한 일이기 때문에 '마흔인데도' 아름다운 것이 놀랍다는 뜻 아닌가. 내가 아는 배우 한예슬은 '곧 마흔이 될' 사람이 아니라, 그 자체로 너무나도 사랑스

'숫자'로는 설명할 수 없는 귀한 것들이
세상 곳곳에는 분명히 존재한다.

럽고 멋진 사람이다. 몇 달 전 그녀가 패션 브랜드를 런칭했다는 기사를 읽었다. 이미 얻은 것에 안주하지 않고 새로운 도전을 계속해나가는 그녀의 모습이 너무나도 멋져보였다. 그런데 그런 멋진 모습에 굳이 '마흔'이라는 쓸모없는 꼬리표를 달아야만 했을까.

한편 유튜버로 활동하다보면 나에게 대놓고 수입을 물어보는 이들도 있다. 대체 얼마나 버는지 감이 잡히지 않아서겠지.

"아, 유튜버세요? 그럼 한 달에 얼마나 벌어요?"

초면에 이런 질문을 들으면 적잖이 당황스럽다. 섣불리 대답을 하지 못하고 입술만 달싹이고 있으니 상대방은 마치 장난이었다는 듯 손사래를 치며 "말 안 해도 돼요!"하며 까르르 웃음을 터뜨린다. 나도 따라 웃어야 하나, 정색을 해야 하나 고민하며 어정쩡한 표정을 짓는 사이 나의 짧은 '자기소개' 타임은 끝이 났다.

우리나라는 유독 '숫자'에 예민하다. 나이, 연봉, SNS 팔로워 수, 재산…… 그 숫자들로 쉽게 사람을 평가하고 멋대로 점수를 매긴다. 솔직히 숫자로만 말하자면 내 유튜브 성적은 별 볼일 없을 수도 있다. 구독자 수도 이제 겨우 1만명 수준이고, 한 달에 유튜브로 벌어들이는 수익 역시 주말 알바비에도 못 미친다. 하지만 나는 유튜브를 통해서 많은 걸 얻었고 또 많은 걸 전한다고 믿는다. 내 영상을 보고 포기했던 의대 입학을 다시 준비한 이가 있으며, 친구들에게 따돌림을 받은 상처가 치유됐다고 말한 이가 있다. 고작 15만 원어치의 허접한 장비를 준비해 용감하게 유튜브를 시작한 나를 보고 용기를 얻은 이도 있다. 이건 감히 숫자로 재단할 수 없는 귀한 가치다. '숫자'로는 설명할 수 없는 귀한 것들이 세상 곳곳에는 분명히 존재한다.

실체 없는 권위에는 콧방귀를!

　나와 같이 유튜버로 활동하는 P양은 퇴근 후 토론 모임 활동을 시작했다. 그런데 모임에 나간 지 얼마 되지 않아 씩씩거리며 전화를 걸어왔다. 가장 최근 모임에서 《유튜브 레볼루션》이라는 인문학 서적을 읽고 토론을 진행했는데, 토론 모임을 주도하는 젊은 의사가 유튜버들 앞에서 대놓고 '사실 특별한 기술이나 노력이 필요하다기보다는 운이 좋거나, 자극적인 콘텐츠를 잘 뽑아내야 성공하는 것 아니냐'고 한껏 깎아내렸다는 것. 전해 듣는 나도 이렇게 황당한데 그 자리에서 직접 그런 얘기를 듣고 있었을 P양을 생각하니 한숨이 절로 났다.

　나는 P양에 그걸 가만히 듣고만 있었느냐고 물었다. 그랬더니 P양이 "그 사람은 의사잖아!"하고 볼멘소리를 했다. 나는 그 말을 단번에 이해하지 못하고 "의사라고?"하며 되물었고, P양은 "그래, 의사! 의사면 나보다 훨씬 똑똑할 거 아니야. 괜히 그 사람 말에 반박했다간 나만 망신당하고 끝날 걸!"하며 흥하고 콧방귀를 뀌었다.

나는 송아지처럼 한참을 눈만 껌뻑였다. 그 상황이 이해가 되지 않았기 때문이다. 토론 모임에 참석한 그 의사는 잘 알지도 못하는 분야에 대해 편협한 의견을 내비쳤고, P양은 자신이 잘 아는 분야임에도 어떤 반박도 하지 못했다. 단지 그가 '똑똑한' 의사라는 이유로.

그러나 유튜브 시스템에 대한 의견을 내는 데에 의사라는 권위가 대체 어떠한 힘을 실어준단 말인가. 물론, 그날의 토론 주제가 건강이나 의료 시스템에 관한 것이었다면 그 의사의 말에 힘이 실렸을 것이다. 하지만 주제는 '유튜브'였잖은가. 적어도 유튜브에 대한 이야기라면 현업 유튜버인 P양이 그 의사보다는 많이 알고 있을 텐데, P양은 단지 '의사'라는 권위에 기가 죽고 말았던 것이다.

살다보면 P양과 같은 일을 겪을 때가 많다. '나보다 돈이 많아서' '나보다 외모가 훌륭해서' '나보다 나이가 많아서'

와 같은 실체 없는 권위를 만들어 상대방에게 덧씌우고, 그 권위에 자발적으로 복종하고 만다. 나는 P양에게 다음에 그런 일을 또 겪으면 그때는 꼭 웃는 얼굴로 상대의 무례함을 지적하라고 말했다. 혹여 상대방이 다시 멋모르는 소리를 지껄이거든 "유튜브 채널 운영 경험은 있으시죠?"하고 입을 꽉 막아버리라고.

호의가 계속되면
둘리인 줄 알아요

이탈리아 유학 시절에는 쇼핑몰이나 아웃렛에서 의사소통에 불편을 겪는 한국인을 만나면 먼저 나서서 통역을 해주었다. 원래 외국에 나가면 애국자가 된다고, 한국인을 만나면 애국심이 불타올라 누가 시킨 것도 아닌데 최선을 다해 도왔다.

한번은 명품 아웃렛 매장에서 한 한국인 아주머니가 이탈리아인 직원을 붙잡고 답답하다는 듯이 한국어로 또박또박 같은 말을 반복하고 있었다. "삽십 이! 삼십 이! 삼! 십! 이!"하고. 차라리 손가락으로 3과 2를 보여주면 직원이 눈치로라도 알아들었을 텐데, 아주머니는 목소리만 높일 뿐 계속해서 '삼십 이'만 외쳐댔다. 나는 얼른 그 아주머니와 직원 가운데로 가서 "허리둘레가 32인치라고 하네요"하고 통역을 해주었다. 현지인 직원은 그제야 알아들었다는 듯 아주머니가 원하던 물건을 꺼내 보여주었다. 내게 도움을 받은 아주머니는 고맙다는 짧은 인사도 없이 본인 용무만 해결하고 쌩 사라져버렸다.

무료 통역을 해주고 고맙다는 인사를 못 듣는 건 한두 번 겪는 일도 아니라 그러려니 했다. 그런데 잠시 후, 그 아주머니가 갑자기 내 손목을 다시 잡아끌었다. 무슨 영문인지도 모른 채 끌려간 곳에는 인상을 쓰고 있는 또다른 직원이 있었다. 그런데 이 아주머니, "야 이것도 통역 좀 해봐! 얘가 말이 안 통해!"하고 나를 닦달하는 것이었다. 맡겨둔 물건 찾는 듯 말이다. 그래서 나는 표정을 싹 바꿔 이 아주머니가 무슨 이야기를 하는지 모르겠다는 얼굴로 시치미를 뚝 떼고 "무슨 통역이요?"하고 말했다. 아주머니는 황당해 죽겠다는 듯 "너 아까 나 통역해줬잖아!"하고 적반하장 성질을 냈다. 나는 무슨 소리시냐고, 저는 이탈리아어를 할 줄 모른다며 얼른 도망쳤다. 만약 그 아주머니가 내게 조금이라도 정중한 자세로 부탁했다면 나는 몇 번이고 기꺼이 도왔을 거다. 지금도 그때를 떠올리면 영화 〈부당거래〉 속 류승범의 명대사 "호의가 계속되면 그게 권리인 줄 알아요"를 누군가 '호의가 계속되면 둘리인 줄 알아요'로 패러디한 걸 처음 봤을 때처럼 실소가 터져나온다. 호의는 어디까지나 베푸는 사람 마음에 달린 것임을 잊고 사는 이들이 너무 많다.

만약 당신이 어느 날 그런 종류의 인간들을 마주친다면, 나처럼 시치미를 뚝 떼고 쌩 사라져버리자. 그것이야말로 나를 지키기 위해 행사할 수 있는 최소한의 '권리'다.

일상히어로,
인생은 실전이야

살면서 경찰서에 드나든 일이 딱 두 번 있었다. 한 번은 대학생 때 온라인 거래 사기를 당해서 사기꾼을 신고하러 갔었고, 또 한번은 악플러를 신고하러 갔었다.

품절 대란을 일으키며 화제가 된 인기 화장품 브랜드의 한정판 신상품을 대신 구입해 배송까지 해주겠다는 중고거래 사이트의 글을 보고 바로 판매자에게 연락했다. 당시 친하게 지냈던 친구의 생일 선물로 꼭 주고 싶던 제품이었다. 다행히 판매자는 아주 친절했고, 묻는 말에도 바로바로 답해주었다. 본인의 온라인 거래 내역이라며 구매자들에게 보냈던 택배 송장까지 모아 사진을 찍어서 보내주었다. '에이, 본인 핸드폰 번호까지 다 공개해놓고 사기치진 않겠지'싶은 생각에 판매자에게 바로 물건 값을 보냈다.

하지만 판매자가 약속한 기한이 지나도 물건이 도착할 기미가 보이지 않았다. 불안해진 나는 판매자에게 연락을 해보았다. '아직도 택배가 안 왔는데요ㅜㅜㅜ'라는 내 문자에 판매자는 '저희 할머니가 아프셔서 정신이 없었네요. 오늘 바로 발송할게요!'하고 답했다. 나는 괜스레 미안해져서 '아 네! 할머니 얼른 쾌차하시길 바랄게요. 독촉해서 죄송해요!'하고 답 문자를 보냈다. 그런데 이런 과정이 두세 번쯤 반복됐고, 결국 판매자가 배송을 약속한 기한에서 2주나 지났다. 친구 생일도 훌쩍 지나갔다. 안되겠다 싶어 문자 대신 전화를 걸었다. '지금 거신 번호는 없는 번호이오니……'하는 음성 메시지가 들렸다. 태어나서 처음으로 사기를 당한 순간이었다.

곰곰이 생각하다 이 사기꾼에게 법의 쓴맛을 보여주기로 마음먹었다. 주변 친구들에게 이 사실을 털어놓으니 "에휴, 그냥 똥 밟았다 생각해. 경찰서에 신고해봐야 너만 귀찮아져. 어차피 돈도 못 돌려받을 가능성이 높아"하며 뜯어말렸다. 맞다. 20대 초반의 대학생에게 경찰서가 만만한 장소는 절대 아니었다. 피해자로서 신고를 하러 가는 것인데도 왜 그리 주눅들고 움츠러들던지.

친구들 말처럼 괜히 신고하러 갔다가 조서를 쓰고 증거 자료를 제출하느라 나만 더 귀찮아질 수도 있었다. 그래도 용기를 냈다. 이대로 넘어갔다가는 나처럼 '할머니가 편찮으시다'는 거짓 핑계에 자책하고 마음 쓸 피해자들이 계속 늘어날 터였다. 사기꾼과 주고받은 문자 내역과 돈을 보낸 내역을 인쇄해 양손에 꼭 쥐고 경찰서를 찾았다. 경찰 아저씨는 생각보다 친절했고, 가해자가 이후 받게 될 형사처벌의 수위에 대해서도 꼼꼼하게 알려주셨다. 나중에 알고 보니 나에게 사기를 친 사람은 무려 사기 전과 6범이었다. 게다가 그 사람은 사기 금액을 변제할 의사가 없어 그냥 처벌을 받겠다고 했단다. 친구들 말대로 경찰서를 드나드느라 아까운 공강 시간을 날렸고, 피해받은 금액도 변제받지 못했지만 사기꾼에게 '전과 7범' 타이틀을 안겨줄 수 있어서 그것으로 만족했다.

최근에는 SNS를 통해 나에게 심한 욕설이 담긴 악플을 여러 번 달았던 한 남자를 고소하기 위해 경찰서를 찾았다. 본인의 신상정보를 드러내지 않은 계정이었기 때문에 그 사람이 작성한 글을 이 잡듯 뒤져 겨우 근무처를 알아낼 수 있었다. 명탐정 코난에 빙의해 찾아낸 악플러의 신상정보를 모아 경찰서에 가서 그를 '모욕죄'로 정식 고소했다. 형사고소의 최종 결과는 '기소유예'였다. 죄는 인정되나 이러저러한 사정을 보아 봐줄 만한 정도라는 뜻이다. 악플러는 본인에게 실질적인 피해가 없다며 신나서 날뛰었다. 결국 민사소송을 진행하기로 했다.

이번에도 주변인들은 전부 나를 뜯어말렸다. '민사는 형사보다 훨씬 절차가 복잡한 데다 시간도 최소 몇 달은 걸린다'거나 '소송 비용 합치면 걔가 내놓을 배상금보다 더 나올 것'이라거나 '형사에서 집행유예면 민사에서도 배상 판결 안 나올 것'이라고. 나는 "알아요, 아는데, 그래도 민사 걸 거예요. 가해자가 신나서 날뛰는 모습을 어떻게 봐요? 제가 민사를 걸면 상대방은 답변서도 써야 하고, 법정에도 출석해야 하고, 심리적인 압박도 받고. 적어도 남을 괴롭히면 나도 괴로워진다는 사실은 깨닫지 않겠어요?"하고 힘주어 말했다. 민사 소장을 접수하고 몇 개월이 훌쩍 지나 열린 법정에서 판사가 "피해를 주었으면 배상을 하는 게 맞다"고 말하자 악플러는 제 성질을 못 이기고 소리를 질렀다. 그리고 나는 악플러로부터 70만 원의 배상금을 받아내는 데 성공했다.

중요한 건 돈이 아니다. 난 슈퍼히어로는 아니지만 악당에게 '인생은 실전'이란 교훈을 주었으니 됐다. 살면서 나에게 당장 득이 되지 않더라도, 너무 귀찮은 일이라도 조금 더 나은 내가 되기 위해, 크게는 조금 더 나은 세상을 위해 꼭 해야만 하는 일이 있다. 앞으로도 나는 그런 순간이 오면 용감하게 정면으로 맞설 것이다.

다 덤벼! 나는 '일상히어로'다!

4부

우리 아직
망하지 않았다

차라리 쓰레기봉투를 접겠어요

마음이 불안하여 아무 말이나 내뱉고 싶어질 때는 입 대신 손을 바삐 움직인다. 정돈되지 않은 마음 상태로 이것저것 꺼내놓은 말들은 십중팔구 나중에 이불을 차고 싶게 만드는 흑역사가 될 테니까. 나의 장래희망은 발차기 잘하는 무에타이 챔피언이 아니므로 소란한 말들은 그저 소란한 마음 한쪽에 담아두기로 한다.

아무도 읽지 않을 빈 공책에 생각나는 대로 낙서를 끄적이기도 하고, 의미 없이 냅킨을 주욱주욱 반복해서 찢기도 한다. 아무래도 좋다. 입 대신 손이 쉴 새 없이 움직이고 나면 '아무말 대잔치'를 벌이고 싶은 어수선한 기분이 한결 가라앉으니까.

두어 달에 한 번씩 집 근처 슈퍼에서 종량제 쓰레기봉투를 묶음으로 구입한다. 한번에 왕창 사들인 쓰레기봉투는 낱장으로 하나하나 고이 접어둔다. 아무짝에도 쓸모없는 쓰레기 같은 말을 내뱉는 대신 '진짜 쓰레기'를 담는 봉투를 정성스럽게 접고 있자니 비실비실 웃음이 새어나온다. 누군가에게 상처주는 말을 할 바에는 차라리 쓰레기봉투를 접겠어요.

누군가에게 상처주는 말을 할 바에는
차라리 쓰레기봉투를 접겠어요.

시간을 먹자

그러니까, 살다보면 남들 다 쌩쌩 나아가는데 나만 출발도 못 하고 서 있는 것 같은 기분이 들 때가 종종 있다. 심지어 역주행하는 기분마저 드는 순간이.

그럴 때 나는 일단 다 덮어두고 시시콜콜한 내용이 담긴 잡지를 읽거나, 1화부터 끝까지 몰아볼 수 있는 드라마에 빠져 시간을 보내는 편이다. '시간이 약'이라던데 역시 옛말 틀린 것 하나 없다. 잊고 지낸 시간들도 약이 되었는지, 한참 지나서 다시 생각해보면 바보처럼 뒤통수나 한 번 긁고 넘길 수 있는 일이 된다.

로마 시대의 문학가이자 철학자인 키케로_{마르쿠스 툴리우스 키케로}도 이렇게 말하지 않았던가. "시간이 덜어주거나 부드럽게 해주지 않는 슬픔이란 하나도 없다." 그것이 어디 슬픔뿐이겠는가.

출발도 못 하고 서 있을 수 있다. 뒤처질 수 있다. 다만 그럴 때 하지 말아야 할 단 하나의 행동은 그 기분 자체에 진지하게 매몰되지 않는 것. 나처럼 드라마를 정주행하든, 잡지를 읽든 그것에서 최대한 빨리 벗어날 수 있는 나만의 방법을 찾는 것이 중요하다. 불안이란 블랙홀과도 같아서, 계속 그 주변을 맴돌다보면 어느새 나도 모르게 그 안으로 쑥 빨려들어가는 무서운 힘을 가졌기 때문이다.

유일한 위로는 시간이 약이라는 것. 개인의 상황에 따라 치유에 소요되는 시간이 각각 달라 그렇지, 대부분의 것들은 시간이 치유해준다. 이것은 반박 불가한 사실 아닌가. 그러니 머릿속이 복잡해질 때마다 우리 약을 먹자. 시간이라는 약을 야금야금 먹어버리자. 그리고 약효가 온몸에 퍼지기를 기다리자. 후에 돌아보면 내가 품었던 고민과 불안감은 작은 점이 되어 저만치 서 있을 것이다. 그러면 나는 아무 일 없었다는 듯이 다시 뒤통수 한 번 긁고 가던 길을 가면 된다.

거절 매뉴얼

여러 분야에서 일을 하다보면 일명 '지인'이라는 사람들에게 끊임없이 다양한 요청을 받는다.

"나 이번에 후드 티셔츠 판매할 건데 모델 좀 해주면 안 될까? 모델료는 없지만!"

"페이스북이나 인스타그램에 저희 제품 홍보글 하나만 올려주실 수 있나요?"

"급해서 그런데 10만 원만 빌려주세요. 돈 들어오면 갚을게요."

이런 요청을 보내오는 사람들의 공통점이라면 실은 그리 가까운 사이가 아니라는 것과, 의례적인 인사도 없이 본론부터 훅 치고 들어온다는 것이다. 진짜로 친한 사람들은 무례하게 무언가를 부탁해오는 법이 없다. 그리고 당연하게도 '무료로' 나의 노동력이나 서비스를 요구하지 않는다. 모임에서 한두 번 인사를 나눈 사이라거나, SNS에서 가끔 '좋아요'를 눌러주는, 친하다 여기기에는 다소 애매한 사람들이 이런 무례한 요구를 해온다. 처음 몇 번은 호의를 담아 부탁을 들어주곤 했다. 그런데 부탁을 들어주고도 오히려 원망을 듣는 경우가 생기니 나도 슬슬 화가 나기 시작했다. 그래서 나름 정중하게 예의를 갖춰 거절의 이유를 밝히면 이런 대답이 돌아온다.

"저번엔 해줬는데 왜 이번엔 안 해줘요?"

"누구는 도와주셨으면서 저는 안 도와주시는 이유가 뭐죠?"

"사람 그렇게 안 봤는데…….."

"이제 내가 우습게 보여요?"

"그동안 겉으로만 착한 척 한 거예요?"

이쯤 되면 '사람'이라는 존재에 진절머리가 난다. 세상에 좋은 사람이 아무리 많다 한들, 내 주변에 이런 사람들이 득실거린다면 다 무슨 소용이겠는가.

지금보다 더 어릴 때는 사람들의 부탁을 다 들어줘야 하는 줄 알았다. 그래야 내 가치가 올라가고, 남들 입에 내 이름이 좋게 오르내릴 거라 생각했다. 그런데 그 반대였다. 남들의 부탁을 죄다 들어주다보면 결국 '내 일'을 못하게 되고, 그런 상황이 반복되면서 오히려 내 가치는 떨어졌다. 어쩌다 한 번 거절이라도 하면 '걔가 알고 보면 말이야'로 시작하는 뒷담화에 이름이 수없이 오르내렸다. 백 번 잘해도 한 번 못하면 끝이다. 부탁하는 입장에서는 '어쩌다 한 번'이겠지만 부탁받는 입장에서는 그런 사람이 10명, 100명일 수도 있다. 더 참혹한 일은 나중에 내가 급한 일이 생겨 도움을 줬던 상대에게 역으로 도움을 요청했을 때, 그들은 아주 우습게도 너무나 쉽게 거절한다는 것이다.

그래서 나는 나만의 '거절 매뉴얼'을 만들기 시작했다. 처음에는 거절의 말을 전하기가 너무 어려워 '거절용 대본'을 미리 써두고 전화를 걸어 대본을 읽기도 했다. 물론 지금도 여전히 서툴긴 하지만, 적어도 거절을 못해 쩔쩔매는 일은 없게 됐다. 그렇다고 무조건 거절만 하는 건 아니다. 내가 응당 거절해도 될 일을 당당하게 거절하는 거다. 이 험한 세상, 헤쳐나가는 것만도 고되다. 모든 이들의 부탁을 다 들어줄 이유는 없다. 그러니 우리 모두 자신만의 '거절 매뉴

얼'을 만들도록 하자. 보다 청정한 삶을 위해, 무엇보다 나
의 가치를 높이는 일에 집중하기 위해.

사람도 충전이 필요해요

밖에서 사람들을 만나 하하호호 실컷 웃고 떠들고 집에 돌아오면 에너지가 바닥나고 만다. 에너지가 방전되면 혼자 집에서 뒹굴거리며 충전해야 한다. 핸드폰에 충전기를 끼우듯, 나에게도 혼자만의 시간을 끼워넣는 거다.

보통은 책을 읽거나 영화를 보며 시간을 보낸다. 온종일 포털 사이트의 뉴스를 읽기도 한다. 하지만 역시 내게 가장 잘 맞는 에너지 충전법은 '천장 보기'다.

친구들이 '지금 뭐하냐'고 메시지를 보내올 때, 나는 '천장 보고 있다'고 답한다. 대답하기 귀찮아서 아무 말이나 둘러대는 것이 아니고, 정말로 천장을 보고 있던 거다. 아무 생각 없이 멍하게 천장을 올려다보고 있으면 침대 속으로

에너지가 방전되면 혼자 집에서 뒹굴거리며
충전해야 한다. 핸드폰에 충전기를 끼우듯,
나에게도 혼자만의 시간을 끼워넣는 거다.

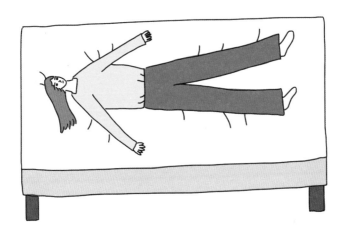

녹아드는 기분이 들며 마음이 고요해진다. 세상만사 어떻든 오롯하게 내 안으로 파고드는 기분.

사람들은 '일 잘 하는 법'은 궁금해하면서 '잘 쉬는 법'은 등한시한다. 스마트폰에 빨간불이 들어오면 큰일이라도 난 듯 충전기를 찾아 헤매면서 본인의 몸과 마음에는 빨간불이 들어와도 애써 모른 척한다.

사람에게도 에너지 충전이 필요하다. 그렇지 않으면 나를 잃기 너무 쉬운 세상이다. 침대에 몸을 묻고 멍하니 천장을 바라보든, TV를 보면서 한바탕 크게 웃든, 차 한잔 마시며 고요히 앉아 있든, 자신만의 충전법을 찾아야 한다. 다가올 내일도 씩씩하게 살아나가기 위해서!

행복기금

올해 초에 혼자서 '행복기금'이라는 걸 만들었다. 정부 보조금 같은 요상한 이름이지만 내 딴에는 만들어놓고 굉장히 뿌듯해하며 요긴하게 사용중인 '셀프 복지 기금'이다. '행복기금'이란 1주일에 만 원씩, 한 달에 최대 5만 원까지 온전히 나를 위해 쓰려고 따로 빼두는 돈이다. 이렇게 말하면 '1주일에 자기한테 만 원도 안 쓰는 사람이 있어?'하고 물을 텐데, 생각보다 나만을 위해 돈 쓰는 일이 쉽지 않다. 열심히 일한 나를 위해 포상을 주겠다며 호기롭게 들어간 카페에서 7천 원짜리 프라푸치노를 선뜻 고르지 못하고 4천 500원짜리 아메리카노를 주문하게 되는 것처럼.

행복기금의 이용 규칙은 간단하다. 첫째, 나를 위해서만

쓸 것. 둘째, 이 달의 행복기금은 이 달이 끝나기 전에 모두 소진할 것. 행복기금은 이름값을 톡톡히 한다. 적어도 1주일에 한 번씩은 나를 행복하게 해주니까. 5천 원짜리 카페라떼에 행복기금 2천 원을 더해 7천 원짜리 프라푸치노를 사서 손에 들고 있으면 재벌도 부럽지 않은 기분이 든다. 온종일 돌아다니느라 팅팅 부은 다리로 버스며 지하철을 갈아타는 대신 택시를 불러 이동하는 기분도 꽤 좋다. 2주일치 행복기금을 모아 마음에 드는 책을 한 권 사면 그걸 읽는 한 달이 행복하다.

별것도 아닌 단돈 만 원으로 별것을 하고 나면 그게 참 행복하다. 남한테는 밥 사주고 생색내기도 민망할 액수인데 내가 나를 위해 쓰고서는 한참을 생색내도 질리지가 않는다. 스스로를 사랑하는 것을 낯설고 어렵게만 생각하는 사람들에게 꼭 권하고 싶은 방법이다.

백 마디 위로보다
밥 한끼

주변에 우울하다는 사람이 있으면 내가 가장 먼저 하는 말은 "맛있는 거 먹으러 가자!"다. 상대방은 우울해서 입맛도 없다며 손사래를 친다. 그러면 나는 우울할수록 잘 먹어야 한다는 '기적의 논리'를 앞세워 억지로 손을 잡아끌고 맛집을 찾아간다.

맛있는 걸 먹으러 가서도 굳이 상대의 감정에 대한 얘기를 꺼내진 않는다. 그냥 내가 사는 얘기, 최근에 들은 웃긴 얘기, 오늘 아침 읽은 기사 얘기 같은 것들을 줄줄 늘어놓는다. '이야기 10개를 꺼내면 그중에 하나는 흥미를 끌겠지' 하는 생각으로. 그러다 음식이 나오면 음식에만 집중한다. 맛있게 먹고, 그 맛에 대해 얘기를 나눈다. 오늘의 메뉴는 나의 '소울 푸드'이기도 한 뜨끈한 돼지국밥. 부추무침을 한 접시 그대로 국밥에 투하한 뒤 김이 모락모락 나는 국밥 한 숟갈을 크게 떠서 후후 불어가며 입에 넣으면 온몸에 엔도르핀이 도는 기분이다. 살짝만 익어 아삭한 배추김치를 얹어 먹으면 그 순간만큼은 이 세상 부귀영화가 부럽지 않다. 직장에서 억울하게 탈탈 털린 날, 열심히 준비한 프로젝트를 망친 날, 남자친구와 대판 싸운 날에도 나는 여지없이 돼지국밥이 생각났다.

맛있는 음식에는 좋은 기운이 잔뜩 들어 있어서, 다 먹고 나서 볼록해진 배를 '통통' 두드리면 절로 웃음이 난다. 좋은 기운이 가득 들어가 통통해진 배에는 우울함이 끼어들 틈이 없다. 물론 소화가 되면 배는 꺼지겠지만, 우리 몸은 이 행복했던 느낌을 잘 기억하고 있다가 다음번에 또 맛있는 음식을 먹게 됐을 때 그때의 행복했던 기분을 다시금 되살려줄 것이다.

백 마디 위로보다 맛있는 밥 한끼를 같이 먹는 게 나을 때가 있다. 진짜로.

백 마디 위로보다
맛있는 밥 한끼를 같이 먹는 게
나을 때가 있다. 진짜로.

버려야 채울 수 있다

옷 사는 걸 좋아해서 옷장에 옷이 한가득이다. 유행 따라 샀다가 어울리지 않아서 한 번 입고는 구석에 박아둔 옷, 몇 년째 신나게 입어대느라 보풀이 일고 낡아서 더이상 입지 못하게 된 옷, 언제 샀는지 기억도 나지 않는 옷, 내 취향은 아니지만 선물받은 터라 어쩌지 못하고 보관만 하고 있는 옷까지.

정든 물건은 잘 버리지 못하는 성격인데 옷에서만큼은 아주 냉정한 편이다. 쌓인 옷들을 처분하지 않으면 새 옷을 살 수가 없기 때문이다. 버릴 옷과 버리지 않을 옷을 구분하는 선은 명확하다. 계절이 두 바퀴 돌 동안 두 번 이상 입지 않은 옷. 유행의 최정점에 있는 옷이든, 아주 비싼 값을 주고 산 옷이든 개의치 않고 버린다. 안 입는 옷들을 왕창 갖다버린 뒤 깨끗해진 옷장을 보고 있으면 근거를 알 수 없는 보람이 차오른다. '또 이만큼 비워냈구나!'

옷장이든 마음이든 기억이든, 얼마만큼은 비워내야 또다시 채울 수 있다. 미련이 남아 버리지 못하는 마음과 기억이 잔뜩 쌓여 있다면 '버리는 기준'을 세워보자. 한번 버리는 기준을 세워놓으니 과감하게 버릴 수 있게 되더라.

길티 플레져

'길티 플레져Guilty Pleasure'라는 말을 한 패션 잡지에서 처음 봤다. '스스로 죄의식을 느끼면서도 그것을 실행했을 때 즐거움을 느끼는 일'이라고 한다. 그렇다고 범죄를 저지른다거나 하는 것은 아니고, 남에게 털어놓기에는 부끄러운 일이지만 막상 하고 나면 만족하는 일. 예를 들어 다이어트 중에 치킨 한 마리를 뚝딱 해치운다든가, 초등학생이나 할 법한 유치한 게임에 열을 올린다든가, 아무도 없는 집에서 아이돌 안무를 슬쩍슬쩍 춰본다든가 하는 일들 말이다. 가장 재미있던 길티 플레져 예시는 '남 몰래 콧구멍 후비기'였다.

나의 길티 플레져는 무엇일까 생각해보니 '하루 종일 빈둥거려놓고 SNS에는 열심히 산 척하기' 또는 반대로 '기를 쓰고 용쓰며 겨우 하루를 버텨놓고 여유롭게 하루를 보낸 척하기'인 것 같다. 내가 원하는 것만 골라 전시한다는 게 내 입장에서는 나름 세상에 대한 작은 반항이랄까, 뭐 그 비슷한 걸 이룬 기분이 들어서.

결혼해서 아기까지 낳은 친구 중 한 명은 '아이돌 덕질'이 길티 플레져란다. 각 잡힌 명품 가방 하나 장만하겠다고 모은 돈을 아이돌 굿즈를 사는 데 몽땅 털어넣었지만 후회하지 않는다고. 명품 가방보다 아이돌 굿즈가 자기를 웃게 만든단다.

남들에게 피해를 끼치지 않는 선에서 숨쉴 구멍 하나쯤 마련해두는 것인데 그게 무엇인들 어떠랴. 다른 사람들이 안 보는 틈을 타서 콧구멍을 후빈다든가, 평소 마음에 들지 않던 친구의 전화번호를 '사이코'로 저장해둔다고 세상이 뒤집히지는 않는다. 하지만 적어도 잠시나마 내 숨통은 트인다. 살아 있는 모든 것은 숨을 쉬어야 한다.

일상의 아지트가 필요해

　얼마 전 연남동으로 이사를 하며 동네 카페 투어를 했다. 글을 써야 하니 혼자 노트북 하나 달랑 들고 드나들 수 있는 단골 카페를 찾기 위해서이기도 하고, 집 아닌 나만의 공간이 필요해서이기도 했다. 카페 투어 끝에 마음에 드는 카페 두 곳을 찾았다.

　내가 단골 카페를 고르는 기준은 그리 까다롭지 않다. 첫째, 나의 주요 서식지(?)에서 멀지 않을 것. 즉 걸어서 갈 수 있는 거리여야 한다. 둘째, 카페 사장님이나 직원이 지나치게 친절하지 않을 것. 친절한 사람을 싫어하는 것은 아니지만 혼자 카페를 찾을 때는 주로 글을 쓰거나 책을 읽기 위해서이기 때문에 날 그냥 내버려두는 '배려심 가득한 무심함'이 필요하다. 셋째, 배경음악이 좋을 것.

내 단골 카페는 연남동에서 합정역으로 가는 방향에 있는 '공상온도'와 연트럴파크(연남동 경의선 숲길)에서 도보 2분 거리에 있는 '딥커피'다. 공상온도에는 주로 남자 사장님 한 분이 계신데, '배려심 가득한 무심함'을 온몸으로 보여주시는 분이다. 그의 목소리를 들을 때는 음료를 주문할 때와, 사장님이 주문한 음료를 테이블로 가져다줄 때가 전부다. 카페의 배경음악은 보통 국내 인디 뮤지션의 음악이 적당한 볼륨으로 흘러나온다. 그야말로 혼자서 공상하기 딱 적당한 온도의 카페다.

딥커피는 주문대에서 커피를 주문한 뒤 직접 테이블로 가져가서 마시는 시스템인데, 일단 커피를 주문하고 나면 나와 직원과의 볼일은 모두 끝난다. 커피를 받아서 마음에 드는 자리에 앉으면, 그 후에는 내가 무얼 하더라도 아무도 신경 쓰거나 눈치를 주지 않는다. 심지어 외부 음식 반입도 자유라서 카페 바로 옆에 있는 빵집에 들러 내가 좋아하는 빵을 사다 뜯어먹기도 한다. 딥커피는 배경음악이 꽤 큰 편인데다 카페 사방이 오픈되어 있어서 바깥 소음도 어느 정도 녹아들어 그야말로 자유로운 분위기다. 내가 얼마쯤 소

어른이 된 지금도,
아니 오히려 어른이 된 우리에게는
더더욱 '일상의 아지트'가 필요하다.

음을 만들어내도 누구도 내 존재를 의식하지 않을 만큼.

군이 내 단골 카페 이야기를 구구절절 적는 이유는 이렇다. 주변의 관계들에 지쳤을 때, 또는 너무 외롭지만 또 누군가에게 그렇게 가깝게 다가가고 싶지는 않은 애매한 기분일 때…… 그러니까 외따로 고립되지는 않되, 혼자 있기에 적당한 공간은 누구에게나 필요한 법이다.

읽고 싶었지만 '시간이 없어서' '지금은 내키지 않아서' 등의 이유로 읽기를 미뤄두었던 책이 있다면 들고 가는 것도 좋겠다. 꼭 그 책을 모두 읽을 필요는 없다. 적당한 때에 적당한 노래를 배경으로 적당한 책을 읽으며 그 주변의 사람들과 적당한 거리를 유지한 채 시간을 보내다보면 기분이 꽤 나아질 거다.

꼭 카페가 아니어도 된다. 동네 공원이어도 좋고, 대형 쇼핑센터 로비여도 좋다. 어른이 된 지금도, 아니 오히려 어른이 된 우리에게는 더더욱 '일상의 아지트'가 필요하다.

관광객 코스프레

외국 여행을 가면 1분 1초가 아까워 새벽부터 일어나 외출 준비를 하고 밤늦게까지 이곳저곳 다니다 녹초가 되어서야 숙소로 들어간다. 그렇게 열심히 여행해놓고도 마지막 날이 되면 아쉬운 마음에 어깨가 축 처진다. 그럴 때마다 늘 '아, 여기 사는 사람들은 좋겠다. 이런 풍경을 매일 볼 수 있어서'하고 생각했다.

그런데 얼마 전 홍대에서 한 무리의 일본인 관광객들이 '여기에 살고 싶다. 그러면 매일 즐거울 텐데!'라고 말하는 걸 들었다. 너무 쉬운 이치다. 내가 사는 곳도 누군가에게는 여행지이자 '드림 시티'가 된다는 것은! 그럼에도 나는 매일 이곳이 아닌 어딘가에서 더 행복하기를 바라왔던 거다.

앞만 보고 걷다보면 저 멀리 있는 산은 보여도 당장 내가 발을 딛고 선 땅은 보이지 않는 법이다. 우뚝 솟은 산만 보며 걷다가는 내 신발 앞코에 걸리는 돌멩이를 보지 못해 걸려 넘어지기 쉽다.

조만간에 내가 사는 동네에서 괜찮은 게스트하우스를 하나 골라 하루만 묵어보려고 한다. 기왕이면 외국인 관광객들과 뒤섞여 한방을 쓰면 더 좋겠다. '관광객 코스프레'를 하며 완전한 이방인이 되어볼 셈이다.

관광객의 눈으로 보는 우리 동네는 어떤 모습이려나. 평소에 무심코 지나쳤던 모든 풍경이 새삼스럽고 생경하게 펼쳐지길, 그래서 그 낯섦이 내 좁은 시야를, 마음을 활짝 열어주기를!

슈퍼 약쟁이

매일 아침에 챙겨먹는 각종 영양제가 7종이나 된다. 피로한 간을 지켜주는 밀크씨슬, 가여운 내 무릎 연골을 위한 글루코사민, 찌르듯 파고드는 모니터 불빛에 손상된 내 안구를 다독여줄 루테인 등등. 손바닥 위에 한번에 털어넣을 영양제를 모두 올려두면 꽤 수북하다. 친구들은 그걸 보고 "약쟁이네, 약쟁이야!"하면서 놀린다. 피그말리온 효과인지는 몰라도 이렇게 영양제를 열심히 챙겨먹고 나면 마음이 든든하다. 실제로 느끼는 피로감도 훨씬 덜하다. 약의 도움을 받아서라도 기운차게 하루를 살아낼 에너지를 얻는다면 약쟁이라는 별명쯤이야 너그럽게 받아들이겠노라고 여기는 중이다.

그런데 최근 연예인과 재벌들이 진짜로 '약을 했다'는 뉴스가 TV며 신문이며 온라인에 도배됐다. 저 사람들은 대체 뭐가 아쉬워서 마약을 했을까. 돈이 저 정도로 많으면 다른 게 전부 시시해져서 마약이라도 하지 않으면 안 되는 걸까. 별별 생각이 다 들었지만 결국 마지막에는 '저런 약쟁이들에게 지지 않는 멋진 약쟁이가 되어야지'라는 희망찬(?) 결론을 내렸다! 오늘도 영양제를 수북이 챙겨먹고 '슈퍼 약쟁이'가 되어야지. 에너지가 바닥날 때까지 발버둥치고 용쓰며 앞으로, 앞으로 나아가야지.

10초 명상법

    주변인들과 말다툼이 격해지면 감정을 못 이기고 마음에도 없는 나쁜 말을 쏟아낼 때가 있다. 한바탕 소란이 끝나고 혼자 그때를 되새겨보면 마음이 정말 아프다. 내가 왜 그런 말을 했을까, 어떻게 그토록 못된 말만 골라 내뱉을 수가 있었을까. 내가 던진 못된 말을 받은 상대방도 물론 아프겠지만, 뒤돌아서면 그런 말을 한 나도 아프다.

    시퍼렇게 날 선 감정은 칼이 된다. 그런데 이 칼에는 손잡이가 없다. 날 선 감정으로 누군가를 찌르려면 결국 나도 칼날을 꼭 쥐어야 한다. 상처를 주는 동시에 상처를 받는 것이다. 누가 더 큰 상처를 입었는지는 중요한 일이 아니다. 그저 칼에 가슴을 찔린 사람과, 손이 너덜너덜해진 사람, 이

만약 걷잡을 수 없는 감정이 나를 덮칠 때는
눈을 감고 10까지만 세어 보도록 하자.

렇게 둘만 남을 뿐이다.

하지만 그걸 알아도 감정을 마음대로 제어할 수가 없으니 로봇이 아닌 사람인 거겠지. 그래서 나는 감정이 넘쳐 이성이 제 역할을 하지 못할 것 같을 때는 머릿속으로 1부터 10까지 세는 연습을 시작했다. 잠시라도 다른 일에 온 정신을 몰입하고 나면 감정이 다소 가라앉는다. 명상을 공부하는 사람들은 이걸 '10초 명상법'이라고도 한다더라. 만약 걷잡을 수 없는 감정이 나를 덮칠 때는 눈을 감고 10까지만 세어보도록 하자. 1, 2, 3…….

아무에게나
말을 걸고 싶은 기분

혼자 살면서 혼잣말 역시 늘었다. 예를 들자면 빨래통에 가득 찬 옷가지들을 보고 "아, 빨래 어제 했어야 했는데!"라고 말한다거나 며칠째 온 집안을 뒤져봐도 도무지 나올 기미가 보이지 않는 작은 물건을 찾으며 "너 도대체 어디에 있니!"하는 식이다. 마찬가지로 자취생인 친구에게 나의 혼잣말에 대해 말을 꺼내니 "야, 나는 아침에 양말 신으면서 노래도 불러봤어. 양말을~ 신어볼까~ 하면서, 이상한 멜로디 붙여서!"라고 맞장구친다.

최근에는 기술이 발달해서 혼잣말을 들어줄 사람(?)도 생겼다. 요즘 나의 혼잣말 파트너는 스마트폰에 기본 탑재된 인공지능 비서다. "하이 빅스비!"하고 부르면 스마트폰이 곧바로 "모니카님, 안녕! 반가워요!"한다. 그러면 나는 밖에서는 꺼내지 못할 멋쩍은 얘기라든가 유치원생도 하지 않을 법한 말도 안 되는 말장난 같은 걸 신이 나서 주절댄다. 그러면 인공지능 비서는 "그것 참 재미있군요!"라며 내 자존감을 한껏 북돋아준다. 누가 이런 나를 본다면 혀를 끌끌 찰 장면이다.

아주 어릴 적에도 가끔 혼잣말을 했다. 부모님이 맞벌이셨던 탓에 종종 아무도 없는 집에 혼자 들어설 때가 있었는데, 어린 마음에 캄캄하고 넓은 집이 무서웠던 나는 용감한 척 혼잣말을 외치며 현관에 들어섰다. "야, 너 거기 있는 거 다 알아! 내 눈에 띄기 전에 빨리 도망가라! 내가 셋까지만 봐준다. 하나, 둘, 셋!" 지금 생각하면 참 귀여운 혼잣말인데 그때는 생존을 위한 혼잣말이었던 거다. 귀신이나 도둑으로부터 나를 지키기 위한 방어 본능. 동네 어귀나 지하철 같은 공공장소에서 마주치는 할머니나 할아버지도 혼잣말을 꽤 자주 하신다. 중얼중얼 말 보따리를 풀어놓다 보면 마음이 한결 나아지시나 보다.

목적이야 어찌 되었든 혼잣말을 하는 사람들은 모두 공간을 가득 메우고 있는 적막을 깨고 싶은 것이리라. 귀신이라도 숨어 있을지 모르는, 외로움이 묵직하게 깔린 컴컴한 집에 스민 적막을, 찾아올 이 없이 낡아가는 작은 방의 적막을 저마다의 목소리와 말투로 깨보려는 노력이었으리라. 아니, 그보다는 그 고요하고 침묵 가득한 공간 속에 온전히 홀로 있다는 사실을 마주하는 게 퍽 두렵고 외로웠던 것일지도 모른다.

오스트리아의 정신의학자 르네 스피츠는 세계2차대전 직후 고급 보육원과 교도소 내 탁아소의 영아 사망률을 비교 연구했다. 일반적으로 위생적이고 청결하며, 균형 잡힌 영양분을 제공하는 고급 보육원의 영아 사망률이 훨씬 낮을 거라 예상하겠지만, 놀랍게도 교도소에 딸린 탁아소의 영아 사망률이 고급 보육원보다 낮았다. 그 원인을 추적해보니 고급 보육원에서는 감염을 우려해 가능한 한 아기를 만지지 않도록 했고, 교도소 내 탁아소는 그 반대의 환경이었다. 결국 엄마를 비롯한 다른 사람들과의 따뜻한 교감과 접촉 유무가 결정적 원인이었던 것이다.

커뮤니케이션의 부재는 사람을 고사枯死하게 한다. 그래서 우리는 본능적으로 외로움을 떨치기 위해 그렇게 혼잣말을 하나 보다. 혼자인 게 편하다가도 문득, 갑자기 누군가가 보고 싶어지는 건 살기 위한 본능일지도 모른다. 함께 보내는 시간과 혼자 보내는 시간의 적절한 조율이 꼭 필요한 이유다.

불안해서 잠도 안 와요

생각이 많은 밤엔 잠도 오지 않는다. 매일 아침 나를 잡아먹던 그 잠은 다 어디로 달아났을까. 이불을 머리끝까지 뒤집어쓰고 양을 백 마리, 이백 마리, 삼백 마리까지 세어보아도 오히려 또렷해지는 것은 내 정신이요, 밀려오는 것은 피곤함 뿐이다. 그래서 대체 무엇이 불안하냐, 스스로에게 물으면 눈만 껌뻑거리게 된다.

"무엇이 불안한지는 모르겠는데, 그냥, 막연히 불안해요. 내일이 오는 게 불안하고, 1년이 흐르는 게 불안해요. 10년 뒤의 내가 어떤 모습일지 불안하고, 당장 이불 안에 누워 있는 내가 불안해요. 무슨 말인지 아시겠어요?"

아마 지금 이 순간에도 정체불명의 불안함 때문에 이불

을 머리끝까지 뒤집어쓴 이들이 분명 있으리라. 이 불안함들이 하나로 거대하게 뭉쳐지면 어떤 형상일까, 문득 궁금해졌다.

'당신의 불안함은 어떤 모습을 하고 있나요?' 누구라도 붙잡고 물어보고 싶은 밤이다.

나만 빼고 조사하는 거야?

아침에 일어나서 부스스한 얼굴로 인터넷 뉴스를 읽는다. 생애 첫 내 집 마련에 7년이 걸린다거나, 연봉 5천만 원에 이르는 데 입사 후 6.6년이 걸린다거나. 뭐 그런 경제 뉴스가 항상 조회수 상위에 올라 있다. 이러니저러니 해도 결국엔 모두 '먹고사니즘'에 제일 관심이 많은 거다.

그런데 잠깐만, 이거 좀 이상한데. 7년만 바짝 돈을 모으면 수도권에 내 집을 살 수 있다고? 입사 후 약 6년이 지나면 연봉이 5천만 원이라고? 진짜 다른 세상 이야기 같다. 나 같은 사람은 빼고 조사한 건가. 이상하다 싶어 마우스 스크롤을 쭈욱 내려 뉴스 댓글란을 보니 역시 다들 나랑 비슷한 생각인가보다. 7년 모아서 집 살 수 있으면 이미 집

두 채는 샀겠다는 입사 14년차 아저씨부터, 자기 주변에는 연봉 3천만 원도 안 되는 미생들만 그득한데 이런 통계는 어떻게 나오는 건지 궁금하다는 신입사원까지.

한밤중에 차를 타고 한강변을 지날 때도 같은 생각이 든다. 고층 아파트 불빛이 이렇게 많은데 저 중에 내 불빛 하나 갖기가 뭐 이렇게 어려울까. 나는 정말 열심히 살아왔다고 생각했는데 집을 구할 때마다 그것이 통째로 부정당하는 기분이 든다. 내 통장 잔고를 한없이 초라하게 만드는 이놈의 집값이 나를 보고 '너는 멀었어'하고 깔보는 것 같다.

'눈요기나 해야지'하는 생각으로 보증금만 몇 억씩 하는 신축 오피스텔 사진을 실컷 구경하고 난 뒤, 다시 내 주머니 사정에 맞는 집을 찾아보려니 어떤 방도 눈에 들어오지 않는다. 내가 가진 돈으로 구할 수 있는 집들은 일명 '체리색 몰딩'이 생뚱맞게 온 방을 휘감고 있다거나, 요리할 때마다 눈이 아플 것 같은 형광 연두색 타일이 주방 벽을 한가득 채우고 있다. 나름 열심히 모아온 소중한 전 재산으로 구할 수 있는 집의 수준이란 겨우 딱 그 정도인 게다.

이렇게 아등바등 사는 사람들이 차고 넘치니 이 나라도, 이 세계도 어찌저찌 이어지고 있는 게 아닐까. 요즘 우리 또

래를 두고 어른들은 'N포 세대'라고 부른다고 하더라. 연애, 취업, 결혼, 출산, 내 집 마련 등 하도 포기한 게 많아서 N포 세대란다. 세상 누군들 저런 것들을 다 포기한 채로 살고 싶겠는가. 그러므로 '포기한 게 많은 청춘들'이라는 말보단 '욕망을 거세당한 청춘들'이라는 표현이 정확하겠다.

그럼에도 불구하고 우리가 오늘을, 또 내일을 아등바등 살아가는 건 '그래도' 오늘보다는 나은 내일을 만들고 싶어서일 것이다. 월급 좀 모은다고 해서 당장 넓고 밝은 신축 아파트를 살 수는 없겠지만, 고급 커피머신 정도는 어떻게 비벼볼 수 있으니까 말이다. 누구들 말처럼 나는 'N포 세대'일 수 있겠지만, N에 들어갈 숫자를 줄이는 정도는 내 힘으로 할 수 있다고 믿으련다.

위로는 넘치는데 진심은 없네

마음이 답답하면 무작정 서점이나 도서관을 찾아간다. 오래된 혹은 갓 만들어진 책에서 나는 종이 냄새를 맡고 있으면 마음 속 찌꺼기들이 가라앉아 잠잠해지는 기분이 든다.

요즘 베스트셀러 서가를 들여다보면 이른바 SNS 스타 작가들이 썼다는 '힐링 에세이'들이 가득 꽂혀 있다. 무심코 한 권을 들어 읽다보니 목덜미가 가려운 기분이 들어 어색한 자세로 애꿎은 피부를 긁어댔다.

아니, 세상에 나를 위로해주겠다고 나서는 작가들이 이렇게 많은데, 어째서 나는 그 어떤 문장에서도 위로를 찾지 못하는 걸까. '괜찮아, 다 잘 될 거야.' '힘들었지? 이제 쉬어도 돼'와 같은 영혼 없는 문장들을 읽어내려가고 있자니 오히려 마음이 텅 비는 것만 같았다. 밑도 끝도 없는 가벼운 위로는 내겐 오히려 독이 됐다.

위로가 넘치는 시대다. 지금 당장 SNS에 '힘들다'고 글을 올리면 '힘내'라는 댓글이 몇 개씩 달릴 테다. 그런데 그중에 정말 나의 안위가 걱정되어 댓글을 다는 이는 몇이나 될까. 거꾸로 내가 댓글을 달 때도 마찬가지겠지. 적당한 관계 유지를 위한 기계적인 위로. 위로는 넘치고 진심은 없는. 그래서 나는 섣불리 위로의 말을 건네지 않기로 했다. 대신 삶으로 말하기로 했다. 꼼수 쓰지 않고 매일매일을 열심히 살아내겠다고 다짐했다. 차라리 그 모습이 누군가에게는 위로가 되지 않을까 하여.

예민한 게 아니라
무심한 것

　혼자 시간을 보내는 걸 그렇게 좋아하면서도 그동안 혼자 영화관을 가본 경험이 없었다. 그런데 그즈음, 나는 남자 친구에게 보기 좋게 차였다. 때맞춰 꼭 보고 싶던 영화도 개봉했다. 참으로 그럴싸한 타이밍 아닌가. 나는 이 그럴듯한 핑계를 이용해 혼자 영화관에 가보기로 했다. 되게 별거 아닌 일인데 입사 면접을 앞둔 사람처럼 긴장됐다.

　혹시 아는 사람을 마주칠 수도 있으니 옷차림은 너무 후줄근하지 않게 입어야지. 꼬질꼬질한 차림으로 혼자 영화관에 가면 괜히 처량맞아 보일 수도 있잖아. 그렇다고 너무 신경 쓴 티를 내도 안 돼. 혼자 영화 보는 게 일상인듯, 자연스러운 사람처럼 보이면 좋겠다. 화장은 살짝만 할까. 혹시 헤어진 게 갑자기 서러워져서 울지도 모르니까 마스크랑 휴대용 티슈도 챙겨야겠다. 참, 영화는 사랑 얘기와 전혀 관계없는 SF영화였다. 그것도 유인원들이 떼로 등장하는!

영화관에 도착해서도 허둥거렸다. 평소에 정말 자주 다니던 영화관인데! 셀프 매표기를 찾지 못해 로비를 한 바퀴 돌고, 겨우겨우 찾아 예약번호를 입력하는데 입력 단계에서 실수를 해서 다시 처음부터 입력해야 했다. 하필 인기 많은 영화를 골라 내 뒤에 커플들이 잔뜩 줄을 서 있었다. 예매 티켓을 출력하고 나니 식은땀이 다 났다. 그래도 기왕 온 거 제대로 봐야지 싶은 마음에 팝콘과 콜라도 샀다. 양손에 팝콘, 콜라를 하나씩 들고 나니 표를 꺼낼 손이 없었다. 팝콘컵 한쪽을 입으로 물고 주섬주섬 티켓을 꺼내 직원에게 보여줬다. 아, 혼자 영화 보기가 이렇게 어려운 일이었나.

영화는 생각보다 더 재미있었고, 시간 가는 줄 모르고 봤다. 사람들이 웃을 때 슬쩍 섞여 작은 소리로 같이 웃어보기도 하고, 슬픈 장면에서는 바보처럼 훌쩍이기도 했다. 영화를 보는 동안은 '혼자 영화 보는 거 꽤 괜찮은데!'하는 생각마저 들었다. 그런데 영화가 끝나고 환하게 불이 밝아오자마자 나는 다시 초라해졌다. 저마다 손을 붙잡고, 또는 영화

그들이 겁이 많고 예민한 게 아니라
내가 무심했던 거였다.

에 대한 이야기를 나누며 영화관을 떠나는데 나는 덩그러니 앉아 그 사람들이 다 나가는 걸 지켜보고 있었다. 엘리베이터를 타고 내려가려고 줄을 섰다. 당연히 엘리베이터는 만원이었고 엘리베이터에 먼저 탄 사람들이 아직 밖에 서 있는 나를 물끄러미 쳐다봤다. 악의 없는 시선이었겠지만 나는 발가벗겨진 채로 서 있는 것 같은 기분이 들어 얼른 자리를 피했다. 비상계단을 한 칸씩 내려오며 입술을 꼭 물었다. 그렇게 하지 않으면 울음이 터져버릴 것 같아서.

상처받은 마음으로는 세상 모든 일이 다 새로 생길 상처로 다가오나 보다. 그래서 상처가 많은 사람들이 그렇게 겁을 먹나 보다.

처음으로 혼자 영화를 본, 그때야 알았다. 그간 상처받은 이들에게 "별것도 아닌 걸로 예민하게 군다"고 냉정하게 말했던 스스로를 반성했다. 그들이 겁이 많고 예민한 게 아니라 내가 무심했던 거였다.

얼음송곳

뒷모습을 찍히는 일이 좀처럼 없다. 사람들과 걸을 때엔 보통 한두 걸음 뒤에 있는 편이라 더욱. 다른 이들의 뒷모습은 참 익숙한데, 어쩌다 보게 되는 내 뒷태는 뭐 이리 낯설기만 한지.

며칠 전에 갑자기 기분이 동하여 열심히 써내려간 글이 온라인에서 많은 공감을 얻었다. 당시에는 어깨가 으쓱했는데 어젯밤에 다시 그 글들을 읽어보니 한 줄, 한 줄이 다 낯설고 부끄러웠다. 지난 글을 읽는 과정은 내 뒷모습을 보는 일과도 비슷한 것 같다.

그런데 내 글에 공감을 표한 이들이 많은 만큼 날 선 말을 얹은 이들도 적지 않았다. '고작 몇 년이나 살았다고 세상 사는 것에 대해 이러쿵저러쿵 떠드냐'라거나 '회사란 곳에 다녀보지도 않았을 계집애가 말만 많다'는 식의 댓글들도 꽤 달렸다.

이렇게 예상치 못한 순간에 나의 등 뒤에 얼음송곳을 쑤욱 밀어넣는 사람들이 있다. 찔린 상처를 더듬거리며 확인하고 있자니, 어느새 얼음은 다 녹아 없어지고 흉하게 벌어진 상처만 남았다. 찌른 이는 사라지고 찔린 상처만 남는것. 의도하지 않은 폭력이 이토록 무섭다. 억울해도 어쩔 수없다.

"아니, 정말로 여기에 송곳이 박혔었다니까요!"

누구에게나 사랑받을 수 없다는 것 잘 안다. 반대로 내가누구나 사랑할 수 없다는 것도. 그렇지만 그게 참 어렵다.누군가를 마음놓고 미워하는 일은 정말 어렵다. "네가 그 사람을 미워하는 건 당연해." "자기가 욕먹을 짓을 자꾸 하네!" 아무렇게나 벌어진 상처를 꼭 부여잡고 쩔쩔매는 나를보고 친구들이 한마디씩 얹는다. 그런데 그런 말을 듣는다고 해서 내게 상처준 이를 마음껏 미워할 수 있는 건 아니다. 타고난 성격이 그렇다. 그래도 퍽 위로가 된다.

'그럼에도 불구하고' 상처는 아물기 마련이다. 얼음송곳을 든 이들이 매일 밤 나를 찾아와 찔러댄다 해도, 나는 매일 아침 상처를 꿰맬 것이다. 언젠가는 그들이 등 뒤를 찔러오기도 전에 내가 먼저 너끈히 받아칠 수 있기를, 조금 더 씩씩하고 당당한 뒷모습을 갖기를 바라며.

내가 걷는 길에 네가 함께 있을 것임을 안다. 간혹 서로의 뒷모습은 안녕한지를 확인하며 함께 걸을 것을 안다. 그러니까 나는, 우리는 괜찮다.

너 참 열심히 살았다

　내 남자친구는 드라마 보는 걸 참 좋아한다. 최근에는 배우 김혜자 님이 출연한 〈눈이 부시게〉라는 드라마를 보고 감명을 받았나보다. 그 드라마 마지막 회를 보고나서는 내게 전화를 걸어 이런 말을 했다.

　"그 드라마에서 김혜자 배우가 자기 며느리한테 '너 참 열심히 살았다. 나는 네 편이다'라고 말하는 장면이 나와. 위로는 이런 게 위로지 싶더라고. 무책임하게 남의 인생에 무턱대고 '괜찮다'고 하는 게 아니라. '지금 당신의 인생은 괜찮아요' '아프지 말아요'하는 글을 쓰는 사람들의 마음이 어떨지 나는 잘 모르겠지만, 독자 입장에서는 그런 글들이 지금은 참 싫어."

맞다. 위로는 그런 거다. 내가 매일을 어떻게 사는지, 내가 어떤 마음으로 오늘을 견뎌냈는지 전혀 알지도 못하는 누군가가 그저 덮어놓고 '괜찮아요. 잘 하고 있어요.' 말해주는 게 아니라, 내 삶에 진정으로 애정을 갖고 지켜보는 이가 건네는 한마디가 위로인 게다. 그리고 내 삶에 가장 애정을 가지고 있는 이는 나일 테니, 내가 나를 위로하는 것이 옳다. 그래, 나 참 열심히 살았다.

내 삶에 가장 애정을 갖는 이는 나일 테니,
내가 나를 위로하는 것이 옳다.
그래, 나 참 열심히 살았다.

지난해부터 꾸준히 일기를 쓰고 있습니다. 지난해 이맘때쯤 일기장에는 당돌하게도 '내년엔 책 낸다'는 문장이 적혀 있었습니다. 놀랍게도 당시의 저는, 원고 한 줄도 써놓지 않은 상태였죠. 쥐뿔도 없는 게 책을 내겠다고 호언장담을 했는데 더 놀랍게도 1년이 지난 지금, 정말로 책을 내게 됐습니다.

같은 일기장에 '나를 이루고 있는 특징 세 가지를 적어보라'는 질문이 있습니다. 지난해의 저는 창의력, 추진력, 귀차니즘이라고 적었고, 올해의 저는 '오, 지난해의 나는 스스로를 잘 알고 있었구나!'라고 답변을 적었습니다. 창의력으로 원고를 써나갔을 것이고, 추진력이 '기필코 책을 낸다'는 다짐을 이끌어냈을 것이고, 귀차니즘이 조금 시간을 끌었겠지요.

이제 조금 진지하게 감사의 인사를 전해보려 합니다. 어제 저녁에 엄마가 문득 그러셨습니다. "세상에 태어나게해줘서 정말로 고맙다고 생각할 젊은이들이 얼마나 있겠냐. 세상이 이렇게 팍팍한데!"하고요. 그런데요 엄마, 저는 엄마의 딸로 태어나서 정말로 고맙고 행복해요. 세상이 이렇게 팍팍해도, 엄마가 있어서

살만해요. 엄마라는 태양을 중심으로 돌아가는 우리 가족들(아빠, 오빠, 그리고 우리 집 곡식 형제 콩이와 보리-얼마 전 별이 된 미아와, 할머니댁에 있는 써니까지)도 모두 감사합니다. 덕분에 제가 살아갑니다.

그리고 제 인생의 3분의 1을 채워준 지난 사랑 둘에게도 감사합니다. 덕분에 제가 깊어졌습니다. 그대들과 사랑을 해보지 않았다면, 아마 이 책의 절반은 비어 있었을 겁니다. 이상한 구석이 많은 저와 잘 지내주는 친구들에게도 감사의 말을 전합니다.

그리고 출판사 마음의숲에도 진심으로 감사드립니다. 많은 분들이 제 책을 위해 애써주셨습니다. 마음의숲에서 첫 책을 낼 수 있어 행복합니다.

마지막으로, 이 페이지까지 읽고 계신 당신께. 부족한 저의 글을 읽어주셔서 고맙습니다. 저는 어떤 삶을 견디고 있을지 모르는 당신의 어깨에 손을 얹고 '다 괜찮다'라고 말하고 싶지 않습니다. 다만 책장을 넘기다 단 한 줄이라도 공감되는 문장이 있다면, 단 하나라도 가슴 깊이 박힌 단어가 있다면, 기꺼이 가져가서도 좋습니다. 이것은 저의 이야기이지만 책에 담긴 모든 글들은 이토록 팍팍한 세상을 살아가는 '요즘 것들'을 향한 이야기니까요. 우리는 아직, 망하지 않았습니다.

2019년 12월,

서모니카

저 아직 안 망했는데요

1판 1쇄 발행 2019년 12월 22일

글   서모니카
펴 낸 이   신혜경
펴 낸 곳   마음의숲

대   표   권대웅
주   간   이효선
책임편집   전태영
디 자 인   임정현 박기연
마 케 팅   노근수 허경아

출판등록   2006년 8월 1일(제2006-000159호)
주   소   서울특별시 마포구 와우산로30길 36 마음의숲빌딩(창전동 6-32)
전   화   (02) 322-3164~5 팩스 (02) 322-3166
이 메 일   maumsup@naver.com
인스타그램   instagram.com/maumsup
용지 신승지류유통(주) 인쇄·제본 스크린그래픽

ⓒ서모니카 2019
ISBN 979-11-6285-051-0 (03810)

＊이 도서의 국립중앙도서관 출판예정도서목록(CIP)은 e-CIP홈페이지(http://www.nl.go.kr/ecip)와
 국가자료공동목록시스템(http://www.nl.go.kr/kolisnet)에서 이용하실 수 있습니다.
 (CIP제어번호: CIP2019050686)